《世说新语》通识

刘强——著

中华经典通识

中華書局

图书在版编目(CIP)数据

《世说新语》通识/刘强著. —北京:中华书局,2023.7
(2024.3重印)
(中华经典通识)
ISBN 978-7-101-16210-3

Ⅰ.世… Ⅱ.刘… Ⅲ.《世说新语》-小说研究
Ⅳ.I207.419

中国国家版本馆CIP数据核字(2023)第076034号

书 名 《世说新语》通识
著 者 刘 强
丛 书 名 中华经典通识
主 编 陈引驰
丛书策划 贾雪飞
责任编辑 黄飞立
封面设计 毛 淳
责任印制 管 斌
出版发行 中华书局
(北京市丰台区太平桥西里38号 100073)
http://www.zhbc.com.cn
E-mail:zhbc@zhbc.com.cn
印 刷 天津裕同印刷有限公司
版 次 2023年7月第1版
2024年3月第3次印刷
规 格 开本/880×1230毫米 1/32
印张8¼ 字数130千字
印 数 9001-13000册
国际书号 ISBN 978-7-101-16210-3
定 价 56.00元

编者的话

经典常读常新，一代有一代的思想，一代有一代的解读。“中华经典通识”系列丛书，邀请当今造诣精深的中青年学者，为读者朋友们讲授通识课。希望通过一本“小书”，轻松简明地讲透一部中华传统经典。

本系列丛书由复旦大学陈引驰教授主编，每本书的作者都是该领域的名家，他们既有深厚的学养，又长于深入浅出，融会贯通。每本书都选配了大量相关的图片，图文相生，能增强阅读的趣味性。

希望这套丛书，能成为人们了解中华传统文化的可靠津梁。

目　录

《世说新语》是本怎样的书

在中国古代的典籍中，《世说新语》无疑有着特殊而重要的地位。它虽然算不上“大经大典”，却是一部颇具文化精神、历史价值和思想深度的名著——在古今读书人的心目中，《世说新语》的“性价比”和“美誉度”都要算是极高的。如同一位风姿绰约而又才情不凡的美人，她奢华而又低调，高雅而又通俗，端庄而又谐趣，但凡对中国传统文化有所浸淫者，很少不被其魅力所吸引——此书受到后世万千读者的欣赏和喜爱，绝不是偶然的。

和许多中外文学经典一样，《世说新语》为读者营构了一个独特而又美丽的世界，一旦走进这个世界，便如同走进一座“小径分岔的花园”，移步换景，目不暇接。所以，尽管距离其成书已有近一千六百年的光景，书中所记载的历史人物及其奇闻异事也早已成为“陈迹”，但他们的嘉言懿行和风神韵度却历久弥新，让无论哪一个时代的人去读，都仿佛面对刚刚发生的“新闻”一样，鲜活生动。

就我个人的阅读体会而言，如果要给古代的经典名著做一个关于可读性和吸引力的排行，那《世说新语》的位置肯定是比较靠前的。有的经典，你要耐着性子、翻着辞典才能勉强“啃”完；《世说新语》则不然，其“迷你型”的文体身段足可让你鼓足“不求甚解”的勇气，大快朵颐。通常的情况是，明明你是漫不经心地信手翻阅，却不知不觉“入其彀中”，为之着迷。

《世说新语》到底是一本怎样的书呢？我们不妨从古今名人送给它的五大“美誉”说起。

1.“古今绝唱”

鲁迅曾经赞美司马迁的《史记》为“史家之绝唱，无韵之《离骚》”（《汉文学史纲要》第十篇《司马相如与司马迁》）。殊不知，古人早就用“精绝”“绝唱”等字眼赞美过《世说新语》了。如北宋学者高似孙就说：

宋临川王义庆采撷汉晋以来佳事佳话，为《世说新语》，极为精绝，而犹未为奇也。梁刘孝标注此书，引援详确，有不言之妙。(《纬略》卷九)

这段话包含了两个信息。其一，《世说新语》的作者是南朝刘宋时期的临川王刘义庆，最重要的注释者是南朝梁代的学者刘孝标。他们二位为《世说新语》的成书和传布贡献巨大，历史上被称作“二刘先生”。

其二，《世说新语》“采撷”汉代以迄魏晋的“佳事佳话”入书，语言精美，活色生香，文学成就和审美价值很高——“极为精绝”也即精妙绝伦之意。与之参行的刘孝标的《世说新语注》(以下简称“刘注”)，与裴松之的《三国志注》、郦道元的《水经注》、李善的《文选注》一起，被称为“四大古注”，在中国文化史上享有盛誉。刘注引用的第一手文献资料达数百种，“引援详确，有不言之妙”，乃极言其史料价值之高。

大概正是这个缘故，古代许多一流的文人学者都酷嗜《世说新语》。比如，在唐代大诗人李白、杜甫和宋代大文豪苏轼的诗文中，随处可见《世说新语》的人物和典故。苏轼的好朋

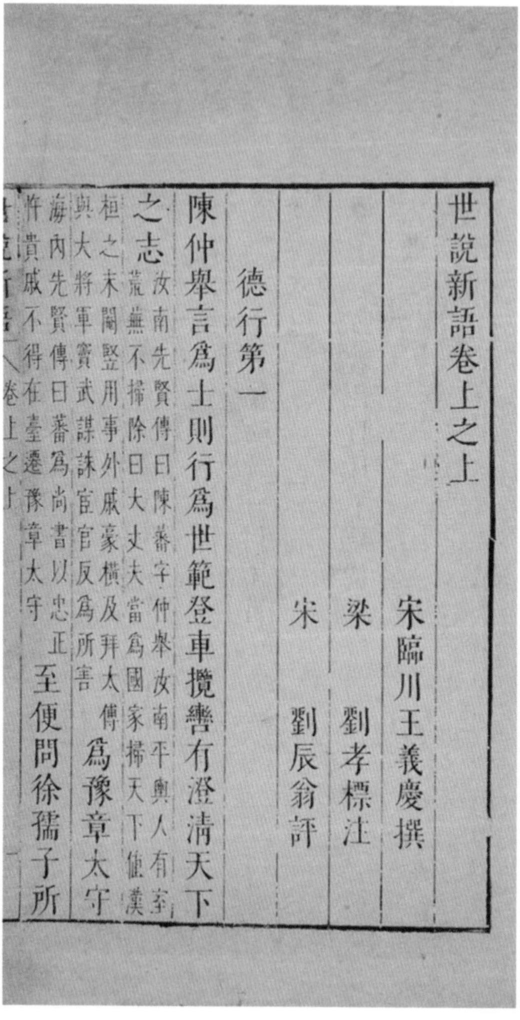

世說新語卷上之上

宋臨川王義慶撰

梁　劉孝標注

宋　劉辰翁評

德行第一

陳仲舉言爲士則行爲世範登車攬轡有澄清天下之志汝南先賢傳曰陳蕃字仲舉汝南平輿人有室荒蕪不掃除曰大丈夫當爲國家掃天下值漢桓之末閹豎用事外戚豪横及拜太傅與大將軍竇武謀誅宦官反爲所害爲豫章太守海內先賢傳曰蕃爲尚書以忠正忤貴戚不得在臺遷豫章太守至便問徐孺子所

《世说新语》明嘉靖刻本

后世通行的《世说新语》版本中，梁刘孝标注释、宋刘辰翁评点是“标配”。

友黄庭坚生平有两本书寸步不离，一本是《庄子》，另一本就是《世说新语》。对于这些大文人来说，吟诗作赋讲究用典，所谓“无一字无来历”，而名典纷纭、掌故腾涌的《世说新语》，自然就成了他们的“百宝囊”和“诗料库”。

明代文学家胡应麟也是《世说新语》的“发烧友”。他说：“刘义庆《世说》一书，诚古今绝唱，所谓三叹有遗音者。”（《少室山房集·杂柬次公》）又说：“读其语言，晋人面目气韵，恍忽生动，而简约玄澹，真致不穷，古今绝唱也。”（《少室山房笔丛·九流绪论下》）胡应麟两次强调此书乃“古今绝唱”，比之高似孙的“极为精绝”，显然更进一步——他是把《世说新语》放在更广远的时空维度上来加以研判，虽然不免夸张，但其中的钦羡之情确是真实而强烈的。

类似的评价还有很多。如明人郑仲夔《清言·凡例》中也有“临川王《世说》极为绝唱”的赞誉。王思任在论及《世说新语》的叙事、写人艺术时也说：“刘义庆撰《世说新语》，专罗晋事，而映带汉魏间十数人……每奏一语，几欲起王、谢、桓、刘诸人之骨，一一呵活眼前，而毫无追憾者。……本一俗语，经之即文；本一浅语，经之即蓄；本一嫩语，经之即辣。

盖其牙室利灵，笔颠老秀，得晋人之意于言前，而因得晋人之言于舌外。”(《世说新语序》) 这段话，一方面誉其写人之妙，一方面叹其语言之巧，不是受到过《世说新语》长期沾溉滋润者怕是说不出来的。

清代文学评论家刘熙载在其名著《艺概》中说：“文章蹊径好尚，自《庄》《列》出而一变，佛书入中国又一变，《世说新语》成书又一变。此诸书，人鲜不读，读鲜不嗜，往往与之俱化。”这是把《世说新语》放在整个中国文学史尤其是文章写作好尚的演变史上加以考察，认为此书对于中国古代的文章风格有着“转移风气”的引领作用。从这个角度说，“古今绝唱”的美誉还真不是大而无当的吹捧，而是言之有据且有理的恰当评价。

2.“琐言第一”

这是就《世说新语》的文体性质及其成就作出的一个判断。中国古代的图书典籍，按照目录学的分类，可分为经、史、子、集四大部类，也即所谓“四部”。经部是指儒家经传和小学（指文字、音韵、训诂之学）方面的书，史部是指各种历史地理类的文献，子部是指诸子百家的著作，集部则是指古代文人的诗集、文集和词赋等著作，大约相当于现在的“文学”。而在古代的目录学著作中，《世说新语》一直被置于“子部小说家类”（所谓“说部”），说明在古人心目中，《世说新语》完全符合“街谈巷议”“道听途说”“丛残小语”“尺寸短书”的“小说”的文体特点。

当然，古代的“小说”概念和今天并不一样。“小说”一词最早见于《庄子·外物篇》：“饰小说以干县令，其于大达亦远矣。”这里的“干”（gān），意为求；“县”通悬，意为高；“县令”，也即高名。整句话是说，靠修饰琐屑的言辞以求得高名美誉，距离通达玄妙的大道，也就渐行渐远了。庄子所谓的“小说”，指的是“琐屑之言”“浅识小道”，并不是一个文体概念，但它对于后世影响很大，所以在古人的心目中，“小说”就是“琐言”，离“经术”和“大道”有着相当大的距离。

“小说家”与“诸子”的合流，大概是在西汉。刘歆在《七略·诸子略》中把诸子分为十家，即儒家、道家、阴阳家、法家、名家、墨家、纵横家、杂家、农家、小说家，所谓“九流十家”，其中“小说家”的地位是最低的，故东汉史家班固在《汉书·艺文志》中说：“小说家者流，盖出于稗官。街谈巷语，道听涂（途）说者之所造也。”“稗官”即小官，后来就称野史小说为稗官。因为孔子说过“道听而涂说，德之弃也”（《论语·阳货》），班固话里的贬义还是不言而喻的。东汉学者桓谭在其所著《新论》中说：“若其小说家，合丛残小语，近取譬论，以作短书，治身理家，有可观之辞。”这说明，古人所谓“小说”，大概是以“丛杂”“短小”“可观”为其特点的，虽然不登大雅，但也有其价值，不可或缺。

后来，唐代史学家刘知幾在《史通·杂述》中将“偏记小说”分为十类，分别是：偏记、小录、逸事、琐言、郡书、家史、别传、杂记、地理书、都邑簿。而清人编撰的《四库全书》又在分类上作了调整，把小说分为杂事、异闻、琐语三类，而把另一部分著作归入子部杂家类。

现在我们知道了，根据古代的“小说”分类，《世说新语》应该属于“琐语”或“琐言”一类。就此而言，说《世说新语》是“琐言第一”，几乎可谓“说部第一”——这当然是“天花板”级别的评价。

还有一点要说明，《世说新语》这类笔记体小说，因为偏重记言，它的远源有两个：一个是语录体的子书，可以追溯到《论语》，有的学者干脆把《世说新语》称作“新论语”；另一个是记言类的史书，比如《尚书》和《国语》。而在《世说新语》诞生之前，西晋郭颁的《魏晋世语》以及旧题东晋葛洪所撰的《西京杂记》等书，可算是较早将子书和史书加以融合的先例。

大概从唐代开始，《世说新语》便成为一部文人争读的小说名著，征引、续仿、刊刻、评注、研究者络绎不绝。很多文人不仅爱读《世说新语》，还愿意充当“代言人”和“推销员”，掀起了一波又一波的“世说热”。比如明代文学家、“后七子”领袖王世贞就为《世说新语》作过续仿和增补，他不仅编了一部《世说新语补》，还在序言开头为此书大作“广告”：“余少时得《世说新语》善本吴中，私心已好之，每读辄患其易竟。”“每读辄患其易竟”，就是每次读《世说新语》都担心它篇幅太短，很快就读完了。不仅如此，在评价古今小说不同类型并予以排行时，王世贞还特别隆重地把《世说新语》排在“琐言第一”：

有以一言一事为记者，如刘知幾所称“琐言”，当以刘义庆《世说新语》第一。（《艺苑卮言》卷三）

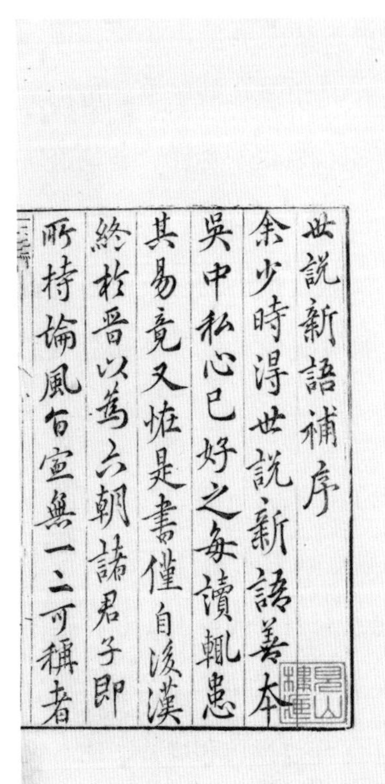
世說新語補序
余少時得世說新語善本
吳中私心已好之每讀輒患
其易竟又恠是書僅自後漢
終於晉以爲六朝諸君子即
所持論風旨寧無一二可稱者

（明）王世贞《世说新语补序》（明万历刻本）

王世贞的弟弟王世懋也是《世说新语》的“铁粉”，他说自己“幼而酷嗜此书，中年弥甚，恒着巾箱，铅椠数易，韦编欲绝”（《批点世说新语序》）。因为太喜欢，他就亲自评点校释，多次整理刊刻，甚至把《世说新语》的研究称作“世说学”。由于王氏两兄弟的提倡，明代成为《世说新语》刊刻、续仿和评点最盛的一个时代，文人雅士圈中，几乎是“言必称《世说》”，盛况可谓空前。

还有必要指出的是，在中国小说的传播史上，《世说新语》创造和保持了两个重要的“纪录”：

一是“古书续仿之最”。由于《世说新语》是分门别类编撰的，便于模仿，故后世就有很多“续书”和“仿作”，几乎是中国古代小说史上续仿模拟最多的小说书，以至于形成了一种特殊的文体——“世说体”。

二是“小说评点之最”。《世说新语》还是中国小说史上最早被评点的小说，宋、元、明、清直到今天，对此书的评点可以说是代不乏人，版本甚夥，蔚为大观。要言之，《世说新语》乃是中国历史上被评点最多的小说，没有“之一”。

这两个纪录不仅“空前”，而且“绝后”——估计以后也很难被打破了。

不过尽管如此，我还是要说，《世说新语》其实是一部很难定性的书。单纯把它当作“小说家言”似乎是有点贬低了——如上所说，它不仅具有史书的特点，还有子书的成分。1930 年代世界书局出版《诸子集成》共八册，收录了先秦至南北朝的重要子书凡二十八种，《世说新语》也赫然在列。这

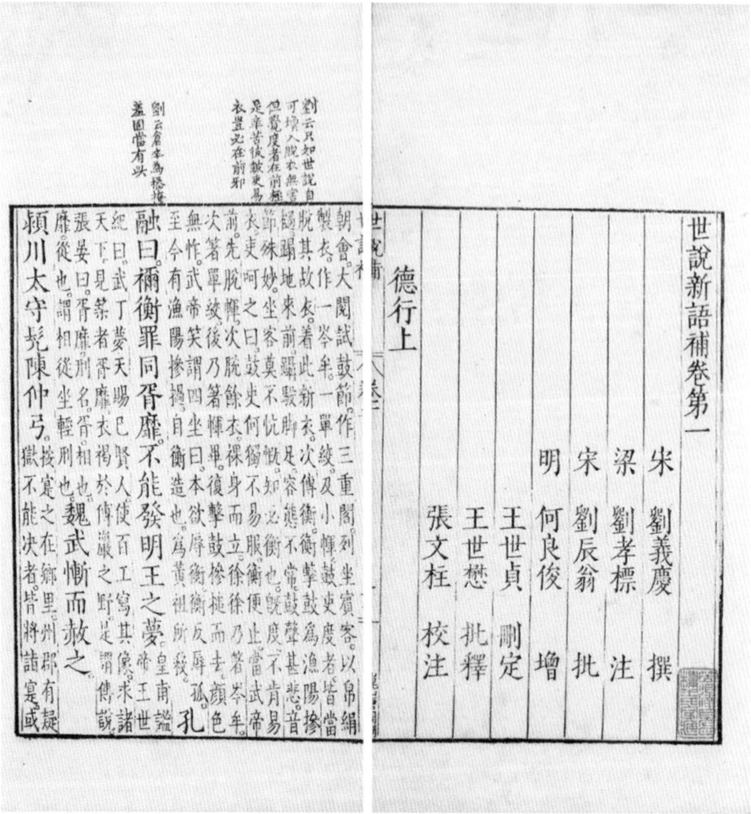
世說新語補卷第一

宋　劉義慶　撰

梁　劉孝標　注

宋　劉辰翁　批

明　何良俊　增

王世貞　刪定

王世懋　批釋

張文柱　校注

德行上

劉云只知世說自可墳入脫衣無害但覺度者在前極是辛苦彼鼓吏易衣豈必在前耶

劉云倉本為搖擢蓋因當有此

朝會。大閱試鼓節。作三重閣。列坐賓客。以帛絹製衣。作一岑牟。一單絞。及小幝。鼓史度者。皆當脫其故衣。著此新衣。次傳衡。衡擊鼓為漁陽摻撾。蹋地來前。躡馺脚足。容態不常。鼓聲甚悲。音節殊妙。坐客莫不忼慨。知必衡也。既度。不肯易衣。吏呵之曰。鼓史何獨不易服。衡便止。當武帝前。先脫幝。次脫餘衣。裸身而立。徐徐乃著岑牟。次著單絞。後乃著幝。畢。復擊鼓摻撾而去。顏色無怍。武帝笑謂四坐曰。本欲辱衡。衡反辱孤。至今有漁陽摻撾。自衡造也。為黃祖所殺。

孔融曰。禰衡罪同胥靡。不能發明王之夢。皇甫謐帝王世紀曰。武丁夢天賜己賢人。使百工寫其像。求諸天下。見築者胥靡。衣褐於傅巖之野。是謂傅說。張晏曰。胥靡。刑名。胥。相也。靡。從也。謂相從坐輕刑也。魏武慚而赦之。

潁川太守髡陳仲弓。按寔之在鄉里。州郡有疑獄不能決者。皆將詣寔。或

《世说新语》最早的评点——南宋刘辰翁批

套丛书的卷首是这样评价《世说新语》的：

> 此书为古今唯一小说名著，唐以前小说，以此为代表。

这里的“古今唯一小说名著”，与胡应麟的“古今绝唱”、王世贞的“琐言第一”遥相呼应，足见《世说新语》在中国小说史上地位之隆，名价之高。

1948 年，著名学者李长之的《司马迁之人格与风格》一书出版，他把中国小说史分为五个时代："一是小说之名未确立，大家认为小说是琐碎杂说的时代，这时代包括先秦到汉。二是志怪时代，就是汉魏六朝。三是传奇时代，从隋唐到宋。四是演义时代，从宋到明清。五是受欧洲小说影响时代，那就是现代。"他认为，"第二个时代中是以《神异记》《十洲记》那样的书开始，而最高峰却是《世说新语》"。这里的"最高峰"云云，不也是"琐言第一"的意思吗？

1949 年的李长之先生

3."名士教科书"

这个美誉是鲁迅提出来的。鲁迅是现代文学史上一位重量级的文学家，他的小说和杂文独树一帜，成就卓著。鲁迅也是一位优秀的学者，他最擅长的学术研究就是古小说。鲁迅之所以能成为一名优秀的小说家，与他对中国古代小说的喜爱和研究分不开。而在古代的小说书中，《世说新语》应该是最受鲁迅钟爱的一部。

不仅如此，在写于1923年前后的《中国小说史略》中，鲁迅还专为《世说新语》及同类型的小说书设了一章加以讨论，题为《〈世说新语〉与其前后》，其中有一段说：

> 记人间事者已甚古，列御寇、韩非皆有录载，惟其所以录载者，列在用以喻道，韩在储以论政。若为赏心而作，则实萌芽于魏而盛大于晋，虽不免追随俗尚，或供揣摩，然要为远实用而近娱乐矣。

鲁迅把这一类“记人间事”“为赏心而作”“远实用而近娱乐”的小说，称作“志人小说”，以与“志怪小说”相区别。而所谓“志人小说”，在此之前，已有邯郸淳《笑林》、裴启《语林》和郭澄之《郭子》多种问世，到了《世说新语》，可以说是集其大成了。

既然是“志人”，我们就要问一个问题：“志”的是什么“人”呢？至少在鲁迅看来，这里的“人”，绝不是一般人，而是最具魏晋时代特色的一类人——名士。鲁迅说《世说新语》“记言则玄远冷隽，记行则高简瑰奇”，所指的当然是名士的言行。这些“名士”也不是一般的“有名之士”，而是“清谈名士”或者说“玄谈名士”。在发表于1924年的《中国小说的历史的变迁》中，鲁迅表达了他对清议和清谈的理解：

这种清谈，本从汉之清议而来。汉末政治黑暗，一般名士议论政事，其初在社会上很有势力，后来遭执政者之嫉视，渐渐被害，如孔融、祢衡等都被曹操设法害死，所以到了晋代底名士，就不敢再议论政事，而一变为专谈玄理；清议而不谈政事，这就成了所谓清谈了。但这种清谈的名士，当时在社会上却仍旧很有势力，若不能玄谈的，好似不够名士底资格；而《世说》这部书，差不多就可以看做一部名士底教科书。

“名士教科书”的说法即由此而来。鲁迅末了又说：“要学这一种飘渺之谈，就非看《世说》不可。”关于何谓“清议”，何谓“清谈”，为什么说清谈是“飘渺之谈”，这些问题我在后文会讲到，这里姑且按下不表。

鲁迅对《世说新语》的偏爱还可以从他给人开的书单中看出来。1930年秋，鲁迅的朋友、著名作家许寿裳的长子许世瑛考取了清华大学国文系，作为长辈和启蒙老师，鲁迅给许世瑛开了一个书单，向他推荐了十二种可读的古书，其中就有《世说新语》。

甚至在鲁迅人生的最后阶段，缠绵病榻之际，他还要找《世说新语》的线装书来看。在写于1934年12月11日的《病后杂谈》一文中，鲁迅说：

> 我在叹气之后，就去寻线装书。一寻，寻到了久不见面的《世说新语》之类一大堆，躺着来看，轻飘飘的毫不费力了，魏晋人的豪放潇洒的风姿，也仿佛在眼前浮动。由此想到阮嗣宗的听到步兵厨善于酿酒，就求为步兵校尉；陶渊明的做了彭泽令，就教官田都种秫，以便做酒，因了太太的抗议，这才种了一点粳。这真是天趣盎然，决非现在的“站在云端里呐喊”者们所能望其项背。

你看，鲁迅简直把《世说新语》当作镇痛驱病的良药了。难怪我们从鲁迅身上时常会看到魏晋名士的影子，别的不说，他的遗嘱中有一条“赶快收殓，埋掉，拉倒”，就让人想起“竹林七贤”之一刘伶的“死便埋我”的豪言。鲁迅这名士“范儿”的养成，恐怕与他常读这部“名士教科书”不无关系吧。

4.“风流宝鉴”

前面已经说到，《世说新语》以记载名士言行为主，而这些名士的嘉言懿行又可以用一个词来形容，那就是——风流。

“风流”一词，最早大概出自《汉书·赵充国辛庆忌传赞》：“其风声气俗自古而然，今之歌谣慷慨，风流犹存耳。”同书《刑法志》也有“风流笃厚，禁罔疏阔”的说法。《后汉书·方术传论》说：“汉世之所谓名士者，其风流可知矣。”而“名士风流”和“风流名士”这两个成语，最早是在《世说新语》中相继出现（分别见于《品藻》第81条和《伤逝》第6条）。可见，“风流”绝不是个贬义词，最初也与男女无关，而是一个内涵丰富的“美词”。

当代哲学家冯友兰曾写过两篇与“风流”有关的文章，其中一篇说：

为了理解“风流”，我们就要转回到《世说新语》(简称《世说》)上。……魏晋的新道家和他们的佛教朋友，以“清谈”出名。清谈的艺术在于，将最精粹的思想，通常就是道家思想，用最精粹的语言，最简洁的词句，表达出来。所以它是很有讲究的，只能在智力水平相当高的朋友之间进行，被人认为是一种最精妙的智力活动。《世说》记载了许多这样的清谈，记载了许多著名的清谈家。这些记载，生动地描绘了三四世纪信奉“风流”思想的人物。所以自《世说》成书之后，它一直是研究“风流”的主要资料。(《“风流”和浪漫精神》)

而在另一篇写于1943年的《论风流》中，冯友兰开篇就说，“风流是一种所谓的人格美”，并直接把《世说新语》誉为“风流宝鉴”：

我们以下“论风流”所举的例，大都取自《世说新语》。这部书可以说是中国的风流宝鉴。……《世说新语》常说名士风流。我们可以说，风流是名士的主要表现。是名士，必风流。所谓“是真名士自风流”。

由此我们知道，“名士”这一身份，还可以加上两个标签：一是“清谈”，一是“风流”。不仅如此，冯友兰还进一步以“真假”论名士，并且说，“真名士”必须满足以下四个构成条件：

一是必有“玄心”：“玄心可以说是超越感。”“超越是超过自我。超过自我，则可以无我。真风流底人必须无我。无我则个人的祸福成败，以及死生，都不足以介其意。”二是必有“洞见”：“所谓洞见，就是不借推理，专凭直觉，而得来底对于真理底知识。”三是必有“妙赏”：“所谓妙赏就是对于美的深切底感觉。”四是必有“深情”：“真正风流底人，有情而无我，他的情与万物的情有一种共鸣。他对于万物，都有一种深厚底同情。”这“玄心”“洞见”“妙赏”“深情”四端，几乎可谓是“风流名士”的四大“要素”了。

冯友兰从“人格美”来论《世说新语》中的“名士风流”，也许是受到美学家宗白华的启发。早在 1940 年，宗白华就提出一个“世说新语时代”的概念，并用“人格美”和“艺术精神”来评价《世说新语》所展现的“魏晋风流”：

> 汉末魏晋六朝是中国政治上最混乱、社会上最痛苦的时代，然而却是精神史上极自由、极解放、最富于智慧、最浓于热情的一个时代。因此也就是最富有艺术精神的一个时代。……《世说新语》一书记述得挺生动，能以简劲的笔墨画出它的精神面貌、若干人物的性格、时代的色彩和空气。文笔的简约玄澹尤能传神。……当时晋人的流风余韵犹未泯灭，所述的内容，至少在精神的传模方面，离真相不远……要研究中国人的美感和艺术精神的特性，《世说新语》一书里有不少重要的资料和启示，是不可忽略的。(《美学散步·论〈世说新语〉和晋人的美》)

这篇情理并茂的美文，刷新了读者对《世说新语》和魏晋风度的美学认知，很值得一看。

5. “枕中秘宝”

1954年12月27日，翻译家傅雷给他远在国外的儿子傅聪写信，信中有这么一段话：

你现在手头没有散文的书（指古文），《世说新语》大可一读。日本人几百年来都把它当做枕中秘宝。我常常缅怀两晋六朝的文采风流，认为是中国文化的一个高峰。

这里，傅雷说日本人把《世说新语》当作“枕中秘宝”，绝不是夸张之词。根据南京大学张伯伟教授整理的《日本世说新语注释集成》（全十五册）可知，随着王世贞《世说新语补》的传入，日本的确曾掀起过一波“世说热”，尤其在18至19世纪最为流行。当时刊刻的各种注释、评点、续仿版本就有数十种之多。据大江德卿的《世说订正序》，当时甚至有专门讲授《世说新语》的学者：“余及二三兄弟受《世说新语》于先生。先生尝曰：‘临川采摭晋之精英，作为此编，孝标注之，复为一《世说新语》。今读之，若溯千载之上，亲聆妙旨，面睹风韵，是以历代诸贤，莫不推尊爱玩者矣。'” 足见《世说新语》在当时的日本受欢迎的程度。

1961 年 6 月 26 日，傅雷又在家书中写道：

近来常翻阅《世说新语》（正在寻一部铅印而篇幅不太笨重的预备寄你），觉得那时的风流文采既有点儿近古希腊，也有点儿像文艺复兴时期的意大利，但那种高远、恬淡、素雅的意味仍然不同于西方文化史上的任何一个时期。人真是奇怪的动物，文明的时候会那么文明，谈玄说理会那么隽永，野蛮的时候又同野兽毫无分别，甚至更残酷。奇怪的是这两个极端就表现在同一批人同一时代的人身上。两晋六朝多少野心家，想夺天下、称孤道寡的人，坐下来清谈竟是深通老庄与佛教哲学的哲人！

不得不说，傅雷把《世说新语》所传递的两晋六朝的文采风流，当作“中国文化的一个高峰”，认为可以与古希腊文化以及文艺复兴相媲美，确实是一种非常高明的洞见。

1981 年，美学家李泽厚的《美的历程》一纸风行，洛阳纸贵。在“魏晋风度”一章中，作者这么写道：

《世说新语》津津有味地论述着那么多的神情笑貌、传闻逸事，其中并不都是功臣名将们的赫赫战功或忠臣义士的烈烈操守，相反，更多的倒是手执拂麈，口吐玄言，扪虱而谈，辩才无碍。重点展示的是内在的智慧，高超的精神，脱俗的言行，漂亮的风貌；而所谓漂亮，就是以美如自然景物的外观，体现出人的内在智慧和品格。

在我有限的阅读和见闻中，一个堪称惊人的发现是，我所认识的几乎所有的学者、作家和诗人，无论是文、史、哲研究的哪个领域，抑或是从事小说、散文、诗歌（新旧体不论）写作的哪一个行当，但凡有一定成绩者，几乎都是《世说新语》的阅读者和爱好者。每当听到一个好玩的故事和好笑的“金句”时，常会听到有人说：“可入《世说新语》！”

当代学者钱谷融甚至有“一部《世说新语》，一册《陶渊明集》，一杯清茶，此生足矣”的名言。据说，钱先生晚年几乎将所有的藏书都散尽，却依然在身边留了一部《世说新语》。

“唯大英雄能本色，是真名士自风流。”这是明代洪应明所编《菜根谭》中的名句，现在看来，倒真可以作为《世说新语》的一句“广告语”。

那么，《世说新语》究竟是怎样产生的？为什么会受到古今读者的喜爱？书中记录了哪些脍炙人口的人和事？接下来，就让我们一起走进《世说新语》。

一 《世说新语》是怎么来的

因为年代久远，文献不足，关于《世说新语》的成书，留下了一些聚讼纷纭、莫衷一是的谜团，虽然无关宏旨，但就“通识”的要求而言，也应该有所了解。下面我就择要予以说明。

1. 到底是谁写了《世说新语》

首先，《世说新语》的作者是谁？这本书究竟是一人独撰，还是“成于众手”？

如前所述，《世说新语》的作者，一般认为是南朝宋代的临川王刘义庆。如《世说新语·假谲》“诸葛令女”条，刘孝标注对故事的真实性提出批评时就说：“葛令之清英，江君之茂识，必不背圣人之正典，习蛮夷之秽行。康王之言，所轻多矣。”这里的“康王”，就是刘义庆的谥号。这说明至少在刘孝标眼里，《世说新语》的作者非刘义庆莫属。此后的目录学著作及类书，也都认同此说，一向并无异议。

刘义庆到底是个怎样的人呢？我们结合史书的记载简要作一介绍。

刘义庆，字季伯，祖籍彭城（今江苏徐州），生于东晋安帝元兴二年（403），卒于宋文帝元嘉二十一年（444）。他是宋武帝刘裕的侄子，长沙景王刘道怜的次子。刘道怜一共养了六个儿子，而他的幼弟刘道规没有儿子，所以义熙八年（412）刘道规病逝后，便以年仅十岁的刘义庆为嗣子，义庆十三岁时也就袭封了南郡公。刘义庆幼时聪明伶俐，刘裕对他很是喜爱，常说：“此吾家丰城也。”丰城，是传说中龙泉、太阿两宝剑沉埋之地，足见刘裕对刘义庆寄望甚高。永初元年（420）刘裕称帝，追封刘道规为临川王，年仅十八岁的刘义庆作为嗣子得以袭封临川王，征为侍中。

永初三年（422），刘裕病逝，长子刘义符即位，改元景平。景平二年（424），刘义符被徐羡之、谢晦等人所废，不久被杀。紧接着，刘裕的第三子刘义隆（407—453）即位，是为宋文帝。刘义隆登基后，改元元嘉，他在位三十年，励精图治，营造了一个所谓“元嘉之治”。刘义庆作为皇帝的堂兄，颇受重用，历任秘书监、丹阳尹、尚书左仆射、中书令、荆州刺史等职。其间，刘义隆因为猜忌，杀害了不少宗室和功臣，而刘义庆因为性格谦退，为人低调，与世无争，一直受到皇帝的信任。

元嘉八年（431），因太白星（即金星）侵犯了左执法星，时任右仆射的刘义庆害怕会有灾祸，便向皇帝上书，自求外镇。皇帝下诏挽留未果，乃出其为荆州刺史。义庆在任八年，清正廉洁，颇受百姓爱戴。元嘉十六年改授散骑常侍，都督数郡，任江州刺史。元嘉十七年任南兖州刺史。二十一年病故于京城，时年四十二岁。朝廷追赠侍中、司空，谥号为康王。

我们看刘义庆的这份“简历”，觉得他更像是一个政治家，似乎与文学没有多少关系，但是且慢，真正使刘义庆名垂后世的却正是他的文学成就。据《宋书·临川烈武王道规传》记载，刘义庆“在州八年，为西土所安。撰《徐州先贤传》十卷，奏上之。又拟班固《典引》为《典叙》，以述皇代之美”。

这里尽管没有提及《世说新语》，但据学者们推测，此书的编撰，应该就是在荆州和江州刺史的任上。

问题是，刘义庆的文学才华究竟如何？他能否独自完成《世说新语》以及其他著作的编撰呢？这个问题近代以来曾引起不小的争议。我们先看史书上怎么说：

（义庆）为性简素，寡嗜欲，爱好文义，才词虽不多，然足为宗室之表。……招聚文学之士，近远必至。太尉袁淑，文冠当时，义庆在江州，请为卫军谘议参军；其余吴郡陆展、东海何长瑜、鲍照等，并为辞章之美，引为佐史国臣。太祖与义庆书，常加意斟酌。（《宋书·临川烈武王道规传》）

这段话有几点值得注意：其一，刘义庆“爱好文义”，才词虽不多，但文学才华“足为宗室之表”（这个说法连褒带贬，似乎算不上第一流的意思）。其二，刘义庆以藩王之尊，在文坛拥有相当号召力，故其招聚文学之士，无论远近，大家一定前来效力，袁淑、陆展、何长瑜、鲍照等当时一流的文人皆先后为其所用。其三，因为其门下文人荟萃，故皇帝刘义隆写信给刘义庆时，“常加意斟酌”，生怕言差语错，贻笑大方——正是这段话，给后人留下了联想和揣测的空间。如《南史·刘义庆传》就在“引为佐史国臣”后加上一句：

所著《世说》十卷，撰《集林》二百卷，并行于世。

这是史书的传记第一次提到《世说新语》。《南史》是唐朝人李延寿编写的，当时《世说新语》已经成为一部“畅销书”，故不能不引起重视。李延寿似乎认为，《世说新语》和《集林》以及前面所说的《徐州先贤传》《典叙》等书一样，应该是刘义庆和他门下的“佐史国臣”们“集体编撰”的成果。不过，细究起来，“著”和“撰”的含义或有不同，这样的记载也并没有剥夺刘义庆对于《世说新语》的“著作权”。

到了明代，《世说新语》的作者问题进一步凸显。如陆师道在《何氏语林序》中就指出：“抑义庆宗王牧将，幕府多贤，当时如袁淑、陆展、鲍照、何长瑜之徒，皆一时名彦，为之佐吏，虽曰笔削自己，而检寻赞润，夫岂无人？”“笔削自己”自然是肯定刘义庆的著作权，“检寻赞润，夫岂无人”则是说，

《世说新语》或许“成于众手”，亦未可知。

一百多年后，清人毛际可在《今世说序》中也说：“予谓临川宗藩贵重，缵润之功，或有借于幕下袁、鲍诸贤。”毛氏大概以为，《世说新语》这样的书，应该是刘义庆以自己贵重的身份地位，召集幕下袁淑、鲍照这些文士编撰而成，义庆本人充其量不过是个“挂名主编”而已。历史上类似的情况也不是没有，《吕氏春秋》和《淮南子》不就是最好的例子吗？

有了这些铺垫，到了近代，鲁迅才顺理成章地提出了“成于众手”说：

然《世说》文字，间或与裴、郭二家书（引者按：指《语林》《郭子》）所记相同，殆亦犹《幽明录》《宣验记》然，乃纂缉旧文，非由自造。《宋书》言义庆才词不多，而招聚文学之士，远近必至，则诸书或成于众手，未可知也。（《中国小说史略》第七篇《世说新语与其前后》）

从此以后，《世说新语》“成于众手”，便几乎成为学界的基本共识了。萧虹、范子烨、宁稼雨等学者先后撰写论文，从各个角度论证此一观点。

不过我倒是认为，说刘义庆的其他著作“成于众手”应无问题，唯独《世说新语》却很有可能是独撰，义庆绝非仅仅是袖手旁观的“挂名主编”或“总编辑”，而是“笔削自己”的“第一作者”。我的理由有三：

首先，编撰《世说新语》这么一部笔记小说，刘义庆远比幕府中其他文士更具“愿心”与“愿力”。据《汉书·艺文志》著录，《世说》的书名源自汉代大学者刘向，尽管刘向的《世说》早已亡佚，但他的另外两部书《说苑》《新序》，体例上却和《世说新语》极为相似。余嘉锡《四库提要辨证·世说新语》说：

刘向《世说》虽亡，疑其体例亦如《新序》《说苑》，上述春秋，下纪秦汉。义庆即用其体，托始汉初，以与向书相续，故即用向之例，名曰《世说新书》，以别于向之《世说》。

鲜为人知的是，刘义庆与刘向有着绵长深远的血缘纽带（详下），他比任何人都具备编撰《世说》的心理动机，正如他编撰《徐州先贤传》一样，未尝不怀有弘扬家族文化、延续祖先功业的现实抱负。这与吕不韦和淮南王刘安召集门客分别编撰《吕氏春秋》和《淮南子》，其文化背景和创作动机不可同日而语。所以，我倾向于认为，《世说新语》的编撰，刘义庆应该是责无旁贷的倡导者、总策划和亲力亲为的“第一作者”。

其次，《世说新语》不是一般的小说书，而是一部兼综儒、释、道，涵摄文、史、哲的“中古文化的百科全书”，一般的文学之士恐怕并不是其理想作者。从思想倾向上看，刘义庆于儒、道、佛均有涉猎，体现出涵化众家、折中调和的玄学特质，这与《世说新语》的总体思想旨趣颇为契合，几乎可谓相得益彰。

一方面，刘义庆年轻时就怀有儒家济世之志，对儒家思想尤其是孝悌之道最为尊崇，表现在《世说新语》的编撰上，也一目了然。如《世说新语》三十六门以“孔门四科”（德行、言语、政事、文学）居首，《德行》门的四十七条故事中，有十余条都与孝道有关。此外，从《仇隙》门的几条复仇故事也可看出，刘义庆对符合儒家礼义的复仇行为怀有理解之同情。

另一方面,《世说新语》中到处可见清静无为、遗世高蹈、儒道兼综、礼玄双修的玄学趣味，这与贵为藩王的刘义庆一踏上仕途，就遇到血雨腥风的政治权力斗争有关。《宋书》本传称其“少善骑乘，及长，以世路艰难，不复跨马”，这是颇具政治潜台词的一个细节。作为宗室亲王，又是朝廷宰辅的刘义庆，深感伴君如伴虎、高处不胜寒，为了全身远祸，不得不自求外镇。透过《世说新语·政事》的记载不难看出，刘义庆最为向往儒家的“仁政”与儒、道二家都崇尚的“无为而治”，对严刑峻法、刻薄寡恩的“察察之政”颇为排拒。到了晚年，对现实政治的失望，使他深感“世路艰难”，人生无常，于是其思想渐从儒家转向佛、道。《宋书》本传说他“受任历藩，无浮淫之过，唯晚节奉养沙门，颇致费损”，就是很好的例证。据《高僧传》记载，刘义庆曾与多位僧人有过密切交往，所以在《世说新语》中，以名僧为主的故事就有八十余条。以上这些思想资源，恰恰是袁淑、陆展、鲍照、何长瑜等文学之士所不具备的。

最后，即使从文学才华的角度看，刘义庆也比他幕府中的文学之士更具备编撰《世说新语》的可能性。要知道,《世说新语》并非原创性作品，其性质不过是“小说家言”，是“纂缉旧文，非由自造”（上引鲁迅语）的一部志人小说集。编撰这么一部书，所需要的未必是编者的诗文天才，而是对时代思潮的敏感性，对历史材料的熟悉度，以及对编撰体例特别是分类思想的总体调控能力——这些条件，袁淑、鲍照等人未必具备，而刘义庆却是无一不有。总之，《世说新语》的编撰需要的不是文采斐然的诗人和作家，而是一个拥有史识、学养和文献整理能力的学者和编辑。刘义庆虽然文学才华稍逊一筹，但论及思想的复杂、经历的丰富、识见的深刻、学养的广博，实在比幕府中袁、何、陆、鲍诸人有过之而无不及。

当然，要说《世说新语》“成于众手”，也并非全无道理，但这个“众手”，恐怕不是来自刘义庆同时代的那些“文学之士”，而是包括纷繁错综的魏晋史籍材料的众多作者——这就是另外一个话题了。

所以，尽管《世说新语》“成于众手”不失为一种有价值的假说，但在找到确凿的证据前，刘义庆“第一作者”的身份，还是不容抹煞的。

2. 从《世说》到《世说新语》

古代的图书典籍，和今天不太一样，因为版本不同或者著录有异，同一部著作常有不同的书名。比如《老子》又叫《道德经》,《庄子》又称《南华经》,《吕氏春秋》又称《吕览》,《淮南子》也有《淮南鸿烈》的别名，例子很多，无须赘述。

《世说新语》也是如此。这个书名之外，还有三个异称，即《世说》《世说新书》和《刘义庆世说》。在古代类书的征引中，这几个书名常常是混用的，有时难免阴差阳错。那么，这部书最早的书名是什么？这无疑是一个值得注意的问题。

关于《世说新语》的原名，大抵有两种观点：

一种观点认为，原名应为《世说新书》，而且与汉代大学者刘向有关。最早提出这一观点的是北宋末年的黄伯思，其所撰《跋〈世说新语〉后》说：

《世说》之名肇刘向，《六十七篇》中已有此目。其书今亡。宋临川孝王（引者按：指刘义庆）因录汉末至江左名士佳语，亦谓之《世说》，梁豫州刑狱参军刘峻（引者按：即刘孝标）注为十卷，采摭舛午处，大抵多就证之。与裴启《语林》近，出入皆清言林囿也。本题为《世说新书》，段成式引王敦澡豆事以证陆畅事为虚，亦云近览《世说新书》。而此本谓之《新语》，不知孰更名之，盖近世所传。（《东观余论》卷下）

黄伯思认为，《世说》这一书名，最早出自刘向。刘义庆为了跟刘向之书相区别，就把此书命名为“世说新书”。他举了一个很重要的证据，即唐代文学家段成式所写的志怪小说《酉阳杂俎》，在引“王敦澡豆事”时就说出自《世说新书》。最后，黄伯思得出结论：现在这本书被称作《世说新语》，不知是谁更改的，大概是“近世所传”，也就以讹传讹、约定俗成了。

这个观点得到后世很多学者的认同。《四库全书总目》卷一四〇《世说新语提要》就说：

黄伯思《东观余论》谓《世说》之名肇于刘向，其书已亡。故义庆所集名《世说新书》。段成式《酉阳杂俎》引“王敦澡豆”事，尚作《世说新书》可证。不知何人改为《新语》，盖近世所传。然相沿已久，不能复正矣。

同书卷一四三《汉世说提要》也说：

案刘向先有《世说》，故义庆所撰，别名《世说新书》，后人乃改为《新语》。黄伯思《东观余论》考之最详。

而另一种观点则认为，此书原名本为《世说》，《世说新书》和《世说新语》都是后起之名。如明人胡应麟就说：

临川书诸目俱称《世说》，今题《世说新语》，系“语”于“说”，胡赘也。《世说》之名，起于刘向，义庆书出，向已弗传，然皆刘氏也。孝标之注，会孟之评，刘氏三绝乎！（《少室山房笔丛》乙部卷一三）

清人沈涛也说：

涛案《太平广记》引王导、桓温、谢鲲诸条，皆云出《世说新书》，则宋初本尚作《新书》，不作《新语》。然刘义庆书，本但作《世说》，见《隋书·经籍志》。《艺文类聚》《北堂书钞》诸类书所引，亦但作《世说》。《新书》《新语》，皆后起之名。(《铜熨斗斋随笔》卷七)

如果这是一场跨时空的辩论，黄伯思俨然就是正方，而沈涛等人则成了反方。沈涛认为《世说》才是原名，证据很确凿，因为宋代流行的版本中，刘孝标的注多次提及《世说》，这是最为有力的“内证”；而唐宋以后各种书目或类书所引“亦但作《世说》”，则是到处可见的“旁证”了。

到底孰是孰非呢？这就需要一个德高望重的“裁判”来做仲裁。于是，到了20世纪，前面说到的著名史学家余嘉锡就提出了“省文”说：

沈氏引《太平广记》，可为黄氏说添一证佐。至其谓义庆书本名《世说》，其《新书》之名亦后起，则非也。刘向校书之时，凡古书经向别加编次者，皆名《新书》，以别于旧本，故有孙卿《新书》、晁氏《新书》、贾谊《新书》之名。……刘向《世说》虽亡，疑其体例亦如《新序》《说苑》，上述春秋，下纪秦汉。义庆即用其体，托始汉初，以与向书相续，故即用向之例，名曰《世说新书》，以别于向之《世说》。其《隋志》以下但题《世说》者，省文耳。犹之孙卿《新书》，《汉志》但题《孙卿子》；贾谊《新书》，《汉志》但题《贾谊》，《隋志》但题《贾子》也。（《四库提要辨证·世说新语》）

显然，余嘉锡是站在“正方”的立场上，认为此书原名就是《世说新书》，“但题《世说》”是为了“省文”（节省文字），并且举了不少古书书名简称的例子以为佐证。

不过，余嘉锡的说法依旧不能服人。因为刘向整理旧籍，喜欢加上“新书”二字，这固然是一个事实，但不能用来证明刘义庆也有此“雅好”。要知道，刘义庆的著述不止《世说》一部，比如，其模仿班固《典引》而撰写了《典叙》一书，就没有用“典引新书”来命名。而且，余嘉锡说“《隋志》以下但题《世说》者，省文耳”，逻辑上也不可靠，因为这些文献中著录的各种书籍，书名超过四字的很多，为何偏偏《世说新语》要“省文”呢？

所以，对于这一悬而难决的问题，还是要根据最早的文献来作判断。事实上，不仅刘孝标的《注》中常引作《世说》（更早的敬胤《注》也是如此），《隋书·经籍志》以后的官私书目也都写作："《世说》八卷，宋临川王刘义庆撰。"这说明，此书原名为《世说》的可能性最大。至于这一书名与刘向的关系，据台湾学者马森考证：

> 临川王与刘向同出楚元王交之后，向为元王五世孙，义庆为向兄阳城节侯安民十八世孙。义庆书成，即以其先世亡书之名以名之。至刘孝标做注时，犹称《世说》。

原来，刘向是汉高祖刘邦同父异母的弟弟、楚元王刘交的第五代孙，而刘义庆则是刘向的哥哥刘安民的第十八代孙，可谓同气连枝，血脉相连。刘义庆以先祖刘向已经亡佚的《世说》作书名，应该有着传承扩大家族文化的宏大抱负。

那《世说新书》《世说新语》这两个书名又是怎么来的呢？马森接着说：

以顾野王撰颜氏本《跋》观之，梁陈间又有题作《世说新书》者行于世。以刘知幾《史通》所言观之，则隋唐之际或有题作《世说新语》者行于世。盖自是三名并行，故唐宋人修史称《世说》，唐写本及段成式《酉阳杂俎》称《世说新书》，刘知幾《史通》称《世说新语》。今考董弅《世说新语题跋》云："余家旧藏，盖得之王原叔家。后得晏元献公手自校本，尽去重复，其注亦少加翦截，最为善本。"盖自晏殊校删翦截而后，遵用《世说新语》之名，以其本善，由是《世说新语》一名大行，而《世说》《世说新书》二名遂废。

由此可知，《世说》成书之后，在流传过程中出现了不同的抄本，在南朝梁陈之间就有《世说新书》的抄本行世，到唐代又有以《世说新语》为书名的抄本出现，后经过北宋文学家晏殊的校订和删节，正式以《世说新语》为名，因为这个本子很好，流传甚广，所以后来居上，原来的《世说》和《世说新书》这两个书名便废弃不用了。马森又说：

今考宋汪藻《世说叙录》引顾野王（公元五一九—五八一年）撰颜氏本《跋》云："诸卷中，或曰《世说新书》。凡号

《世说新书》者，第十卷皆分门。”顾为南朝梁人，稍后于刘孝标。盖顾时《世说》与《世说新书》二名并行于世，故曰：“凡号《世说新书》者，第十卷皆分门。”以别另本不号《世说新书》者，第十卷不分门也。（以上皆引自马森《世说新语研究》，台湾政治大学图书馆藏1959年硕士学位论文未刊稿）

原来，梁陈之际之所以出现名为“世说新书”的抄本，是因为相比最初的八卷本，这个本子增补为十卷，不仅包含刘孝标的注，而且第十卷也分了门类。据我考证，这第十卷其实就是作为附录的史敬胤的《世说选注》（详见拙著《〈世说新语〉研究史论》，复旦大学出版社2019年版）。这也从一个侧面说明，“世说新书”这个书名虽然很早，却是相对于原名《世说》而言的，否则就不必称“新书”了。

3. 分门别类有讲究

《世说新语》的门类，不仅涉及其版本流传，也与下一章要说的编撰艺术紧密相关。这个问题牵涉面广，比较复杂，这里，我只能就卷次和门类稍加介绍。

（1）《世说新语》的卷次

古代的书籍多是卷轴式的，故称作“书卷”。一本书，根据内容的多少和类别，可以分成不同的卷次。《世说新语》最早的版本是多少卷呢？《隋书·经籍志》“子部小说类”著录时说：

《世说》八卷，宋临川王刘义庆撰；《世说》十卷，刘孝标注。

这说明，《世说新语》最早的版本应该分为八卷，后来加上了刘孝标的《世说注》，这才增加为十卷。比《隋书》稍晚一些的《南史·刘义庆传》称：

所著《世说》十卷，撰《集林》二百卷，并行于世。

这个十卷本应该就是包括刘注的本子。后来又出现了《续世说》的说法，如《旧唐书·经籍志》“子录小说家”：“《世说》八卷，刘义庆撰；《续世说》十卷，刘孝标撰。”《新唐书·艺文志》：“刘义庆《世说》八卷；又《小说》一卷；刘孝标《续世说》十卷。”很显然，所谓《续世说》，其实就是刘孝标的注释本。

到了宋代，随着活字印刷术的发明，开始出现了三卷本。陈振孙《直斋书录解题》“小说家类”著录：“《世说新语》三卷，宋临川王刘义庆撰。”《宋史·艺文志》“子类小说类”也说：“刘义庆《世说新语》三卷。”三卷本的卷次，皆以《德行》至《文学》四门为上卷，《方正》至《豪爽》九门为中卷，《容止》至《仇隙》二十三门为下卷。另外，根据北宋汪藻的《世说叙录》，宋代还有两卷、九卷和十一卷的本子，只不过极为罕见，早已失传。

总之，《世说新语》版本卷次的情况大体可以这样表述：最初成书时应为八卷本，刘孝标注并入后增为十卷，北宋以后最为复杂，出现过两卷、三卷、八卷、九卷、十卷、十一卷等诸多版本，后以三卷本为正，一直通行至今。

（2）《世说新语》的门类

今天通行的《世说新语》三卷本，共有三十六个门类（篇），分别是：

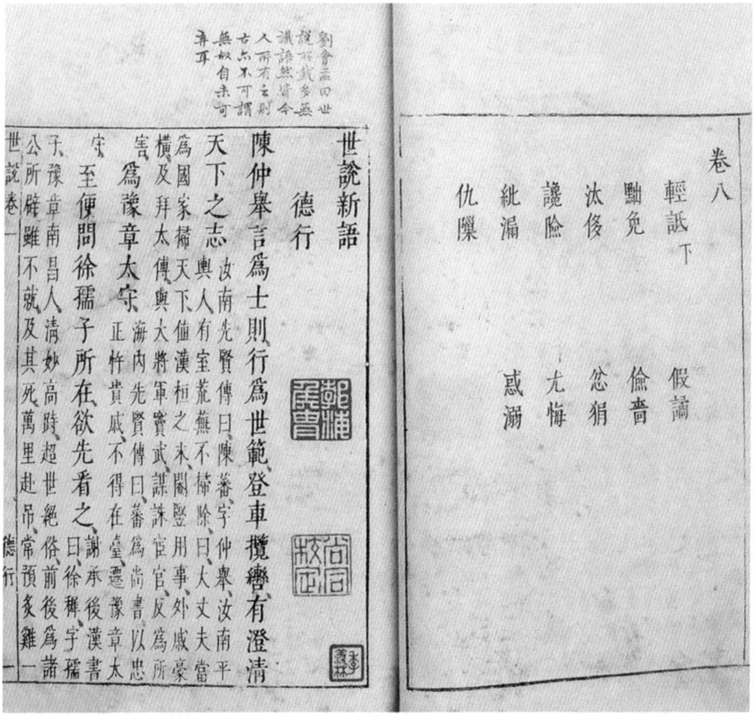

（明）凌濛初刻四色套印八卷本

上卷：德行第一、言语第二、政事第三、文学第四

中卷：方正第五、雅量第六、识鉴第七、赏誉第八、品藻第九、规箴第十、捷悟第十一、夙惠第十二、豪爽第十三

下卷：容止第十四、自新第十五、企羡第十六、伤逝第十七、栖逸第十八、贤媛第十九、术解第二十、巧艺第二十一、宠礼第二十二、任诞第二十三、简傲第二十四、排调第二十五、轻诋第二十六、假谲第二十七、黜免第二十八、俭

啬第二十九、汰侈第三十、忿狷第三十一、谗险第三十二、尤悔第三十三、纰漏第三十四、惑溺第三十五、仇隙第三十六

而据汪藻《世说叙录》，宋代文人家藏抄本则多为十卷本，其中，自《容止》至《宠礼》为第七卷，《任诞》至《轻诋》为第八卷，《假谲》至《仇隙》为第九卷。根据这一信息，可以推测前六卷的大体情况如下：《德行》第一卷，《言语》第二卷，《政事》第三卷，《文学》第四卷，《方正》至《赏誉》第五卷，《品藻》至《豪爽》第六卷（近人罗振玉影印的唐写本《世说新书》残卷起于《规箴》“孙休好射雉”条，讫于《豪爽》“桓玄西下”条，正是第六卷的大部分内容，可以为证）。汪藻又说：“以重出四十九事……为第十卷。”这里的“重出四十九事”，应该是指比刘孝标注更早的宋齐时期史敬胤的《世说选注》。

以上，就是《世说新语》十卷本的大体情况。

历史上还有三十八篇的本子，即在上述三十六篇外，又多出《直谏》和《奸佞》二门；此外又有三十九篇本，多出《直谏》《邪谄》《奸佞》三门。据汪藻《世说叙录》，三十八、三十九篇本，皆为十一卷的本子。那么，一直扑朔迷离的十一

卷本，应该大致包括以下三部分内容：

1）前九卷。包括《世说新语》正文与刘注共三十六门。

2）第十卷。即附录史敬胤的《世说选注》。

3）第十一卷。宋人传抄中增益的《直谏》《邪谄》《奸佞》三门，合为一卷，与《世说新语》祖本无关。汪藻说这一卷“文皆舛误，不可读，故它本皆削而不取。然所载亦有与正史小异者，今亦去之，而定以三十六篇为正”。

另外，还有一种“四十五篇本”的说法。此说出自宋绍兴八年（1138）夏四月癸亥董弅的《〈世说新语〉跋》：

> 右《世说》三十六篇，世所传厘为十卷。或作四十五篇，而末卷但重出前九卷中所载。

然而考察下来，董弅所说的“四十五篇”，并非指门类或篇目，而是指敬胤注中与《世说新语》前九卷“重出”的四十五事。故所谓“四十五篇”的本子，事实上并不存在。

二 《世说新语》的编撰艺术

《世说新语》的编撰颇具匠心，“设计感”和“系统性”极强，乍一看像是“丛残小语”的无序排列，仔细推敲，又能理出其线索和理路，并可领略到其纲举目张的整体结构和相对一致的文体风格——这在中国古代的典籍中并不多见。

而且，无论从门类的安排，还是条目的次序，《世说新语》无不围绕着一个大写的“人”字展开，而在具体的故事呈现中，又总是流露出对“人”的别有意味的观赏和审视的目光。研究者普遍认为，这不仅是“志人小说”这一文体的显著特色，也是中国古代的“人物美学”逐渐走向成熟的标志。

不妨这么说：《世说新语》就是一部以人为本的“人之书”。这里的“以人为本”，不是仅仅以人物为中心这么简单，更主要的是指以“人”的发现与探索、展示与描述、追问与反思、精神观照与哲学思辨为其根本旨归——只有这样的作品，才配称得上是“以人为本”。

我以为,《世说新语》之所以受到后世无数文人墨客的喜爱，大部分的秘密，或许就在这里。

1.“人之书”与“分类学”

为什么会出现这样一部“人之书”呢？我们不妨扯远一点，来个追本溯源。

首先，可以追溯到孔子的“四科”“三品”说。作为中国历史上最伟大的教育家，孔子非常重视人才的培养，曾经感叹“才难”(《论语·泰伯》)，也即“人才难得”之意。他发现，人的禀赋和才性各有不同，应该因材施教，因势利导。孔子施行教育，尤为重视德行、言语、政事、文学四个方面，是为“孔门四科”。《论语·先进篇》记载:“德行:颜渊、闵子骞、冉伯牛、仲弓；言语:宰我、子贡；政事:冉有、季路；文学:子游、子夏。”这十位优秀的高足弟子，历史上被称作“孔门十哲”；而《世说新语》前四门的标题，正是来自这里的“孔门四科”。

（明）仇英绘孔子像

（清）改琦《孔子圣迹图》之“圣门四科”

在孔子朴素而又充满智慧的“人才学”理论中，“知人”是非常重要的一环。《论语·学而》开篇即说“人不知而不愠”，终章又说“不患人之不己知，患不知人也”，全书最后又以“不知言，无以知人也”（《论语·尧曰》）做结，以“知人”贯穿始终，足可说明儒家之学根本关切在人，故儒学亦不妨谓之“人学”。此外，孔子还总结出“知人之法”：“视其所以，观其所由，察其所安，人焉廋哉！”（《论语·为政》）“廋”是隐藏的意思，“知人”之难，关键就在于人人都会伪装和隐藏自己，所以要“听其言而观其行”（《论语·公冶长》）。

孔子的另外一个重大发现是：“中人以上，可以语上也；中人以下，不可以语上也。”（《论语·雍也》）这分明是根据天赋的才能和根性，把人分成了上、中、下三品，是为著名的“三品论人”说。与此相类的还有一说：“生而知之者，上也；学而知之者，次也；困而学之，又其次也；困而不学，民斯为下矣。”（《论语·季氏》）这看起来是把人分成了四种，实则依旧可以归为三等。不过，根据孔子“唯上智与下愚不移”（《论语·阳货》）的说法，他显然认为，“学而知之”和“困而学之”的“中人”，其实是可以通过努力向学改变自己的人生状态的，所谓“下学上达”；如果你拥有“中人”的禀赋和资质，却不思进取，“困而不学”，那就只能沦为冥顽不化的“下愚之人”了。

孔子的“三品论人”说启发了东汉大学者班固。在《汉书·古今人表》中，班固编订了一个“九品”人物表，对上古至秦代近两千位历史人物进行评价，其理论依据就是孔子“上智”“中人”“下愚”的“三品论人法”。班固在三品的基础上把人细分为“九品”，即上上、上中、上下；中上、中中、中下；下上、下中、下下。其中，“上上”之选是“圣人”，“上中”一等是“仁人”，“上下”一等是“智人”，“下下”之流是“愚人”——中间五品虽未具体标目，却给人留下了丰富的想象空间。

三国时期，曹魏的思想家刘邵撰有《人物志》一书，专门探讨人的性格与才能的关系问题，堪称中国最早的一部“精神现象学”著作。在此书的序文中，刘邵不仅提到孔子的“序门人以为四科，泛论众材以辨三等”，还说自己撰此书乃“敢依圣训，志序人物”(《人物志序》)；所以，刘邵此书既可视为受当时人物品藻中才性之学影响的产物，也可以看作是对孔子人才学理论的进一步发展。即使以今天的眼光看，刘邵的才性理论也称得上是精密幽微，左右逢源。而他的方法论也不外乎就是“分类学”。他所说的“偏至之材，以材自名；兼材之人，以德为目；兼德之人，更为美号”（《九征》）云云，等于将人物分为“兼德”“兼材”“偏材”三类。而人的才性各有偏向，又可细分为“十二材”：“有清节家，有法家，有术家，有国体，有器能，有臧否，有伎俩，有智意，有文章，有儒学，有口辨，有雄杰。”（《流业》）刘邵还认为，“材能既殊，任政亦异”（《材能》），不同才性的人，适合担任不同的官职。这样一种对人的才能和品性进行“内聚焦”式的擘肌分理的思路，应该对后来《世说新语》的“分类学”产生了影响。从某种程度上说，《人物志》就是“理论版”的《世说新语》，而《世说新语》则是“故事版”的《人物志》。

其次，还可以追溯到汉代的选官制度。一般而言，汉代的选官制度分为察举和征辟两种。当时虽没有科举考试，但已经有了“举尔所知，尔所不知，人其舍诸”（《论语·子路》）的“乡举里选”，即根据人的德行表现进行自下而上的选拔和推举，是为察举。察举的科目有孝廉、茂才、贤良方正、文学、明经、明法、兵法、治剧、尤异等多种。与此同时，还有一种自上而下的征辟制度，就是皇帝和三公九卿亲自擢拔有德行名望的人才到朝廷或公府任职。当然，这种“唯德是举”的选拔也有弊端：一方面缺乏广泛而公平的选举机制，容易造成任人唯亲、官僚世袭的腐败局面，累世公卿的豪门大族因此形成；另一方面，只重德行不重才干，也容易形成追求虚名美誉的风气，为“道德先生”和“伪君子”开了方便之门。尤其是东汉末年，宦官把持用人大权，选官制度更加腐朽，以致竟有“举秀才，不知书；察孝廉，父别居”的荒唐乱象出现。后来，曹操统一北方，多次颁布求贤令，以“唯才是举”相标榜，从效果上看，也算是对症下药。不过话又说回来，无论是哪一种选官制度，都需要对人才进行考察、评价和鉴定，于是，人物识鉴和品藻的风气大为流行，这就带动了人才学和分类学的发展。《世说新语》中“赏誉”“识鉴”“品藻”“方正”诸门类就是这种风气的产物。

值得注意的是，班固的“九品论人法”很快在选官制度上结出了果实，曹丕代汉自立后，在汉代察举、征辟制度的基础上作了改革，建立了“九品中正制”的选官制度。只不过，这种人物品评已经不是评骘“古人”，而是品第“生人”了。

关于“九品中正制”，各种记载不一。据学者研究梳理，大概有两种含义：一是将文武百官分为九个品级，如三司等为一品，太常、尚书令为三品，御史中丞为四品，太守为五品，县令六、七品，郡丞八品，县尉八或九品等。二是在各个要害部门设“中正”一职（“中正”即中和公正之意），掌管品评人物，选拔人才。比如各州均设有大中正，郡有郡中正，县、乡设有小中正等。唐人杜佑《通典·选举》中说：“州郡皆置中正，以定其选，择州郡之贤有鉴识者为之，区别人物，第其高下。”说明中正一职的主要工作就是“区别人物，第其高下”。而且，品第的结果不再是班固《古今人表》那样“盖棺论定”式的，而是随着人物表现的变化可以有所升降。

回到《世说新语》。丹麦语言学家奥托·叶斯柏森有句名言：“人是分类的动物。”从某种意义上说，一切学问无不自分类始。能够给一种事物进行分类，必是对这一事物的认识和理解发展到了相当的程度。如果说“七略”“四库”是古代的图书“分类学”，那么《世说新语》自“德行”至“仇隙”的三十六个门类，就可以看作是“人”的分类学。

如果我们再仔细回顾一下前面提到的《世说新语》的类目，应该不难发现，此书是以一种更加艺术化、形象化和诗意化的方式，细致观察和洞悉了人类的“共性”与“个性”，并通过人物故事画廊一般的形式，为我们生动描画和展演了人世间的众生相。刘义庆“发明”的这种全方位、多角度、立体式的对“人”的认知评价模式，有一个明显的好处，就是便于读者对“人之为人”的众多品性，加以全景式的、客观的观照，以及兼容式的、动态的欣赏。我们从《世说新语》的分类旨趣可以得到一个印象，那就是作者对“人”的观察和理解是宽泛的、多元的、包容的，因而也是最为“人性化”的。

《世说新语》的三十六门分类，不仅具有“分类学”的价值，成为后世类书仿效的典范，而且还具有“人才学”甚至“人类学”的价值，它体现了魏晋时期人物美学的新成果和新发现，也浓缩了那个时代对于“人”或者说“人性”的全新的审美认知和价值判断。《世说新语》的这一体例创变，在我国人物美学发展史上的贡献可说是划时代的，充分体现了对人性理解的宽泛和深入。

有一点非常值得注意：这三十六个门类的标题，都是当时与人物品评和审美有关的文化关键词，分散来看，各有各的特色，合起来看，其实也可以理解为一个总体的“人”的众多品性及侧面。人的才性、情性、品性，甚至劣根性，都在观察范围之内。这些门类的标题，既有褒义，也有贬义，它所关注的既有人性的光明面，也有人性的幽暗面。同一个人物的不同故事，可以根据其性质而被置于不同的门类，体现了价值判断上的“品第”和“升降”。

从这个角度上说，《世说新语》既是一部展现众多人物言行轶事的“品人”之书，也是一部把“人”所可能具有的众多品性进行全面解析的“人品”之书。甚至可以说，《世说新语》是用三十六个门类和一千一百三十条小故事，塑造了一个复杂而有趣的大写的“人”！

2.“关系网”与“故事链”

《世说新语》不同于其他笔记小说，由于作者具有比较鲜明的艺术立场和超前的文化品味，所以在编撰体例上呈现出一种开放式、立体化、空间性的文本结构。

具体地说，以时序为经、历史人物为纬，构成了《世说新语》文本的“隐在结构”，而以三十六门（叙事单元）为纲、具体事件（人物言行）为目，则构成了《世说新语》的“显在结构”。这是一双重的网状结构，这两种结构互相关合、彼此促动，使全书形成了一个无论在历史维度还是文学维度都遥相呼应、气脉贯通的“张力场”。而不同的门类之间，都按照朝代先后顺序安排故事，人物被“编织”在相应的时空舞台上自行演出，随着时空的伸缩和节奏的张弛，你会看到一张铺天盖地、四通八达的人物“关系网”时隐时现，明灭可见。

借用一个物理学的术语，《世说新语》的这种结构具有一种极大地制约和影响阅读和审美经验的“结构力”。无论人们

对哪一个具体故事进行单独欣赏，都会在潜意识里调动其他故事乃至整部书的信息进行“重组”与“整合”。《世说新语》所记录的人与事，虽然横跨了近三百年的历史时空，每个条目亦有相对的独立性，但在内在的精神实质与外在的文体风格上，却是水乳交融、不可分割的一个整体。

可以说，在《世说新语》中，三十六个“叙事单元”内部的“历时性”与全书整体上的“共时性”，二者是交织互动、内在统一的。基于我们在阅读每一门时，历史时间又“被迫”重新来过，导致《世说新语》整体叙事时序显然具有伸缩、折叠、变化不定的特征——真实的历史时间就这样被颠覆乃至消

（宋）王希孟《千里江山图》（局部）

这幅天才少年的青绿山水，是“尺幅千里”的最佳注脚。

解了。“瞻之在前，忽焉在后。”最先读到的往往不一定是最先发生的，《世说新语》文本“深层结构”上的空间性特征就这样被建构起来。那些被并置排列的“故事链”的因果联系也即情节因素被稀释了，它们之间看似没有关系，其实却存在着无穷无尽的可能性和四通八达的“链接”效果。就像某些昆虫的复眼，这种开放式结构形成了一种对人物和世态的全景式鸟瞰和微观透视效果。

我把这种类似于“无人机航拍”的文本视角称作“大观视角”。

这种“大观视角”，类似于庄子在《逍遥游》中所营造的那种视接千里、心游万仞的视角。“大观”其实也就是“观大”，这和中国古典哲学“天人合一”的思维方式以及传统绘画“尺幅千里”的美学趣味是一脉相承的。《世说新语》之所以有那么多续书仿作，以致形成了“世说体”这种“有意味的形式”，与这种开放性、程式化、可增损的空间结构及“大观视角”是分不开的。

我们看到，在门类与门类、条目与条目之间，显然“省

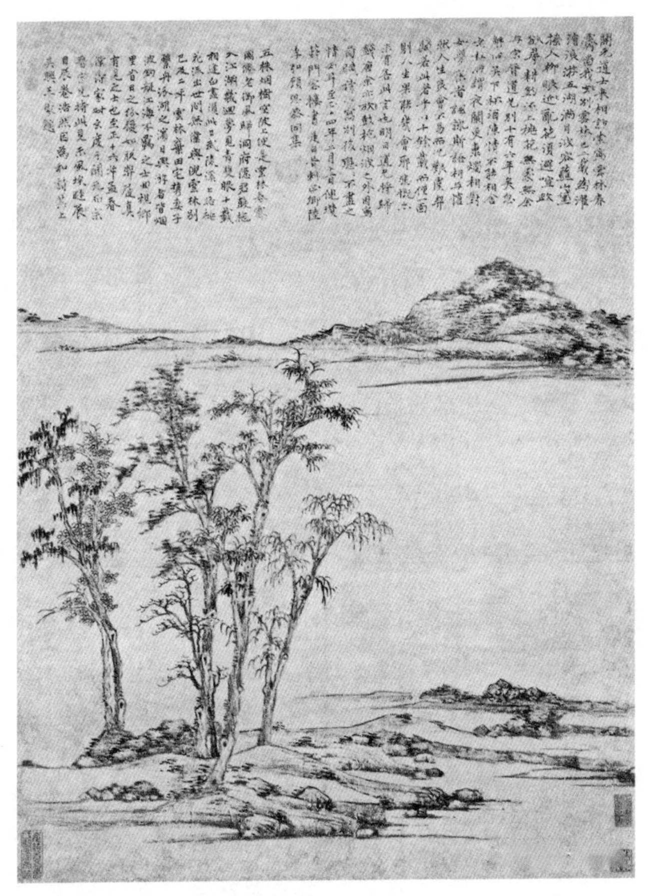

（元）倪瓒《云林初霁图》

“逸笔草草”产生了大片留白，是中国文人画的典型特征。

略”或“删节”了不少内容，留下了许多历史的“空白”。这种“留白”的手法，不仅是绘画、书法的技法，也是我国古代文言笔记小说最典型的文体特征。进而言之，《世说新语》的文体是颇具现代性的，很像是西方文论所谓“空间形式小说”，或者“活页式小说”，又像是戏剧或电影的分镜头脚本。书中每一个片段都是对历史某一个局部事件的“抓拍”和“定格”：合起来看，犹如阿根廷诗人、小说家博尔赫斯所谓的“沙之书”；分开来看，每一粒沙子又具有单独欣赏的独立性和完整性。

问题是，这种“关系网”和“故事链”是怎样形成的呢？我们就以《德行》门为例来作一下分析。先看开篇的三则故事：

1.1　陈仲举（蕃）言为士则，行为世范，登车揽辔，有澄清天下之志。为豫章太守，至，便问徐孺子（稚）所在，欲先看之。主簿白：“群情欲府君先入廨。”陈曰：“武王式商容之间，席不暇暖。吾之礼贤，有何不可！”（仲举礼贤）※

1.2　周子居（乘）常云：“吾时月不见黄叔度（宪），则鄙吝之心已复生矣。”（鄙吝复生）

※　按：故事前的序号包括门类序号和条目序号，比如《德行》篇第 1 条，就标为 1.1，以此类推；故事后的四字小标题乃笔者所加，便于读者理解整个故事的大意。

（元）夏永《滕王阁图》 **历经多次重建的今日滕王阁**

唐人王勃《滕王阁序》“徐孺下陈蕃之榻”一句，既令阁名，也让二人在后世的名声更噪。

1.3 郭林宗（泰）至汝南，造袁奉高（阆），车不停轨，鸾不辍轭；诣黄叔度，乃弥日信宿。人问其故，林宗曰：“叔度汪汪如万顷之陂，澄之不清，扰之不浊，其器深广，难测量也。”（叔度汪汪）

这三条故事看似各自独立，互不相干，仅仅阅读故事的表层信息，也能获得某种审美的愉悦，但在我看来，这么“浅表式”阅读还不够。如果你真想获得关于《世说新语》的“通

徐孺像

选自清《古圣贤像传略》

郭泰像

选自明《三才图会》

识”，我建议还是深入故事的人物“关系网”中，去捕捉历史深处的信息，来一番“沉浸式”阅读。非如此，怕不能得“其中三昧”。

比如第一条故事“仲举礼贤”，堪称是理解全书选材、性质、风格的一把钥匙。“言为士则，行为世范”八字，点明了《世说新语》乃是记载“名士”言行轶事之书，根据整个故事的叙事重心落在“吾之礼贤，有何不可”，而省略了故事的最终结果这一点，我们还可得到一个印象，即《世说新语》虽然以记言与记行为中心，但两者之间又有侧重，大抵以记言为主，记行为辅。

通过第一则故事，我们认识了汉末著名政治家、士林偶像级人物陈仲举，按照一般故事链的规则，接下来应该是陈仲举的另一条“德行”故事才对，但是很奇怪，第二条“鄙吝复生”的故事，人物却变成了周子居和黄叔度。上一条还算是言行并举的“笔记体”，这一条则成了纯为记言的“语录体”。如果我们熟悉东汉末年的历史和人物就会明白，这一条放在这里，其实起着承上启下的过渡作用。陈仲举虽然消失了，却并没有完全退场，因为这一条中的周子居和黄叔度不仅是陈仲举的同郡老乡，还是至交好友。据《后汉书》记载，陈仲举对黄叔度非常尊崇，在他位至三公时，曾临朝而叹：“叔度若在，吾不敢先佩印绶矣！”所以，熟悉人物关系的读者读到周子居说“吾时月不见黄叔度，则鄙吝之心已复生”时，会觉得上一条的主人公陈仲举的“影响”还在。这就形成了一种隐性的故事链，给人的感觉是文尽意未断，藕断丝尚连。

接下来的第三条，又引出了另一位大名士郭林宗对黄叔度的评价，留下一个“叔度汪汪”的典故。读到这里你会发现，周子居和郭林宗都是线索人物，他们的作用，就是烘托汉末最具盛名的“当世颜回”黄叔度。这两条记载，就构成了一个关于黄叔度的“故事链”。

再看《德行》门的6—8条：

1.6　陈太丘（寔）诣荀朗陵（淑），贫俭无仆役，乃使元方（陈纪）将车，季方（陈谌）持杖后从，长文尚小，载著车中。既至，荀使叔慈应门，慈明行酒，余六龙下食，文若亦小，坐著膝前。于时，太史奏：“真人东行。”（真人东行）

1.7　客有问陈季方：“足下家君太丘，有何功德，而荷天下重名？”季方曰：“吾家君譬如桂树生泰山之阿，上有万仞之高，下有不测之深；上为甘露所沾，下为渊泉所润。当斯之时，桂树焉知泰山之高，渊泉之深？不知有功德与无也。”（桂树泰山）

1.8　陈元方子长文（陈群），有英才，与季方子孝先（陈

忠）各论其父功德，争之不能决。咨于太丘，太丘曰："元方难为兄，季方难为弟。"（难兄难弟）

这三条，又是以陈太丘、元方、季方父子三人为中心，也形成了一个环环相扣的故事链。

再看10—13条：

1.10　华歆遇子弟甚整，虽闲室之内，俨若朝典。陈元方兄弟恣柔爱之道，而二门之里，两不失雍熙之轨焉。（雍熙之轨）

1.11　管宁、华歆共园中锄菜，见地有片金，管挥锄与瓦石不异，华捉而掷去之。又尝同席读书，有乘轩冕过门者，宁读如故，歆废书出看。宁割席分坐，曰："子非吾友也！"（割席分坐）

1.12　王朗每以识度推华歆。歆蜡日尝集子侄燕饮，王亦学之。有人向张华说此事，张曰："王之学华，皆是形骸之外，去之所以更远。"（形骸之外）

1.13　华歆、王朗俱乘船避难，有一人欲依附，歆辄难之。朗曰："幸尚宽，何为不可？"后贼追至，王欲舍所携人。歆曰："本所以疑，正为此耳。既已纳其自托，宁可以急相弃邪？"遂携拯如初。世以此定华、王之优劣。（华王优劣）

这四条则以华歆为关键人物，分别涉及华歆与陈元方、管宁、王朗三人的优劣高下对比，又构成了一个层层递进的故事链。华歆的形象忽好忽坏，全看和谁对比，可谓"道高一尺，魔高一丈"。

再看第33—36条：

1.33　谢奕作剡令，有一老翁犯法，谢以醇酒罚之，乃至过醉，而尤未已。太傅（谢安）时年七八岁，着青布绔，在兄膝边坐，谏曰："阿兄，老翁可念，何可作此！"奕于是改容曰："阿奴欲放去邪？"遂遣之。（老翁可念）

1.34　谢太傅绝重褚公（裒），常称"褚季野虽不言，而四时之气亦备"。（四时气备）

1.35　刘尹（惔）在郡，临终绵惙，闻阁下祠神鼓舞，正色曰："莫得淫祀！"外请杀车中牛祭神，真长答曰："丘之祷久矣，勿复为烦！"（勿复为烦）

1.36　谢公夫人教儿，问太傅："那得初不见君教儿？"答曰："我常自教儿。"（常自教儿）

这四条，第33、34、36三条写谢安（字安石，东晋名相，死后获赠太傅，故称谢太傅），第35条穿插写刘尹（即刘惔，字真长，曾任丹阳尹，故称刘尹），看似"旁逸斜出"，其实不然。因为谢公夫人正是刘惔的妹妹，谢安乃刘惔的妹夫，有了这一层"亲密关系"，则此四条依然处在同一条故事链。

关于《世说新语》的故事链，可以说遍布全书，俯拾皆是。同一门类的故事链因为前后相连，自然显而易见，而不同门类中同一人物的故事，其实也可以被我们串连起来，形成一种隐性的或者说广义的故事链。为什么读《世说新语》常常会有"形散而神不散"的感觉呢？关键就在于有这些故事链。

（明）沈周《临戴进谢安东山图》（局部）

如果说，《世说新语》的一千一百三十个条目是“初级叙事单位”，那么每一门类中的故事链则是“中级叙事单位”，而由故事链组成的三十六门算是“高级叙事单位”，相当于一个个“主题单元”。

有没有更高级的“叙事单位”呢？当然有。那就是被分散在不同门类中的故事链聚集在一起，而最终凸显出的叙事主体——“人”。这就要说到“立体志人法”了。

3.“立体志人法”

所谓“立体志人法”，大概包括两层意思：

其一，是《世说新语》对历史人物的描述和展现是相对客观、动态、冷静的，几乎每一个故事都有着“原生态”的“镜头感”，人物的言行似乎是“本色出演”，作者隐藏在幕后，很少对人物的善恶、美丑、优劣、雅俗作主观评价，任凭读者自己去判断。

我们以前面所引管宁“割席分坐”为例。这个故事只有短短六十一个字，比今天的微博还要短，体现了一种极简主义甚至是自然主义的叙事风格，简直就像是一篇“电报体小说”。两个片段性的小故事，全用白描，没有一句多余的废话，甚至只有动作刻画，全无心理描写，作者自始至终没有对管宁和华歆作任何评价，却瑕瑜立现，褒贬自出。管宁为什么要与华歆绝交呢？作者对此一点都不“剧透”，他相信读者会用自己的思考，去填补故事背后的“空白”。不仅有场景动作的白描，还有人物对比——正是鲜明的对比，将那些言外之意呈现在我们面前。这则故事之所以耐读，就在于作者把判断权交给了读者，自己则隐藏在幕后作壁上观。这种“以少胜多”“以言动写心理”“计白当黑”的手法极为高妙，几乎可以说是一种“零度叙事”。

1932 年，美国作家海明威在他的纪实性作品《午后之死》中说：“冰山运动之所以雄伟壮观，是因为它只有八分之一在水面上。”言下之意，作者写出来的只不过是冰山一角，而读者可以展开联想的却在海平面之下，那才是更大的冰山主体，至少也有八分之七！这就是所谓“冰山理论”。《世说新语》的编者刘义庆当然不知道什么冰山理论，但不得不承认，他是这一叙事理论在中国古代最成功的实践者。

不过，仅仅如此还算不上立体。不要忘了，这个“割席分坐”的故事只是以华歆为中心的故事链的一环，尽管在和管宁的对比中，华歆黯然失色，但在后面与王朗的对比中，华歆又成了一个善于审时度势且言行一致的正人君子。这种不同故事之间的张力，不仅展现了人物观察的不同面向，也体现了对一个具体的人的不无包容和体谅的解读与评判。

其二，《世说新语》并非全无作者的主观评价，只不过，这种评价是寄寓在门类标题本身所具有的价值判断中的。而且，同一人物在不同门类中的种种表现，在全书的阅读中又可以形成一个更大的故事链（也可叫“故事群”）。金圣叹在论及《水浒传》与《史记》的渊源时曾说：“《水浒传》一个人出来，分明便是一篇列传。”其实，如果我们把《世说新语》中某一人物的全部故事拼接起来，也可以说“分明便是一篇列传”。

反过来说，《世说新语》的三十六门中所呈现的，就是数百位历史人物的被“打散了的列传”！你只有通读完全书，把一个个不同人物的“列传”还原出来，才能真正把握这个人。后来唐代的史官们在修撰《晋书》时，之所以会大量采用《世说新语》中的故事链，深层原因就在于此。

在以历史人物为中心的“志人”特质上，《世说新语》与《史记》开创的纪传体确有承传关系；不过同样是“志人”，《世说新语》继承了史传的“互见”之法，却同时打破了“列传”之法——它将“列传”的内容拆解成若干片断性事件，并置于不同的叙事单元中，形成了一种“横看成岭侧成峰”的立体空间效果。

我们以“竹林七贤”之一的王戎为例。王戎的形象（或曰“人设”）在不同的门类里穿梭互见，给人的观感是不断变化的，你很难以好坏或者雅俗来给他定性。比如他首先在《德行》门里出场：

1.20 王安丰（戎）遭艰，至性过人。裴令往吊之，曰：“若使一恸果能伤人，濬冲（戎）必不免灭性之讥。”（至性过人）

1.21 王戎父浑，有令名，官至凉州刺史。浑薨，所历九郡义故，怀其德惠，相率致赙数百万，戎悉不受。（致赙不受）

这两条紧紧相连，构成了一个故事链。这里的王戎，俨然是位仁德孝悌的君子，完全符合“德行”一门的价值判断。到了《雅量》门，又仿佛“时光倒流”，“镜头闪回”，我们看到了儿时的王戎：

6.4 王戎七岁，尝与诸小儿游。看道边李树多子折枝，诸儿竞走取之，唯戎不动。人问之，答曰：“树在道边而多子，此必苦李。”取之，信然。（道边苦李）

6.5　魏明帝（曹叡）于宣武场上断虎爪牙，纵百姓观之。王戎七岁，亦往看。虎承间攀栏而吼，其声震地，观者无不辟易颠仆，戎湛然不动，了无恐色。（王戎观虎）

这里记录了王戎七岁时的两个精彩故事，塑造了一个不同流俗、处变不惊的“神童”形象，让人过目难忘。而在《伤逝》门里，王戎仍不失为一位“性情中人”：

17.2　王濬冲为尚书令，着公服，乘轺车，经黄公酒垆下过。顾谓后车客：“吾昔与嵇叔夜、阮嗣宗共酣饮于此垆。竹林之游，亦预其末。自嵇生夭、阮公亡以来，便为时所羁绁。今日视此虽近，邈若山河！”（邈若山河）

（唐）孙位《高逸图》中的王戎

17.4　王戎丧儿万子，山简往省之，王悲不自胜。简曰："孩抱中物，何至于此？"王曰："圣人忘情，最下不及情。情之所钟，正在我辈。"（情钟我辈）

这两个"伤逝"故事，前者关乎友谊，后者涉及亲情，王戎的重情重义不加雕饰，令人动容。但是到了《俭啬》门，王戎勉力维持的"人设"却发生了动摇，变换成另外一副嘴脸：

29.2　王戎俭吝，其从子婚，与一单衣，后更责之。（王戎俭吝）

29.3　司徒王戎既贵且富，区宅、僮牧、膏田、水碓之属，洛下无比。契疏鞅掌，每与夫人烛下散筹算计。（散筹算计）

29.4　王戎有好李，卖之，恐人得其种，恒钻其核。（钻核卖李）

29.5　王戎女适裴頠，贷钱数万。女归，戎色不说，女遽还钱，乃释然。（王戎嫁女）

四条故事中，“钻核卖李”最为著名，这时的王戎哪里还像个名士，简直是个贪婪成性、毫无人情味儿的吝啬鬼和守财奴了！但是且慢，在《惑溺》这个显然带有贬义和批评的门类里，我们还会有其他的发现：

35.6　王安丰妇常卿安丰。安丰曰：“妇人卿婿，于礼为不敬，后勿复尔。”妇曰：“亲卿爱卿，是以卿卿。我不卿卿，谁当卿卿！”遂恒听之。（卿卿我我）

王戎的夫妻对话令人忍俊不禁，“卿卿我我”的典故就由此而来。与“烛下散筹算计”的那条放在一起，又让我们看到了家庭生活中王戎的另一面。这样，王戎这个人物就不是通过时间的线性发展顺序，而是以空间的并置进入读者视野了。其形象亦庄亦谐，忽正忽反，或褒或贬，连贯起来看，颇有哈哈镜般的夸张变形效果。

王戎如此，《世说新语》中其他重要人物如谢安、王导、桓温、王羲之等人亦莫不如是。我们看到，同一人物，在甲条目中是主角，处于舞台的追光之下；而在相隔或远或近的乙条目中，他又成为配角，居于舞台的暗影里了——角度的变换使人的观感也参差变化，扑朔迷离。鲁迅在评价《红楼梦》的叙事艺术时曾说：

其要点在敢于如实描写，并无讳饰，和从前的小说叙好人完全是好，坏人完全是坏的，大不相同，所以其中所叙的人物，都是真的人物。总之自有《红楼梦》出来以后，传统的思想和写法都打破了。(《中国小说的历史的变迁》第六讲《清小说之四派及末流》)

而事实上，《世说新语》早就先于《红楼梦》一千多年，达到了“叙好人未必全好，写坏人未必全坏”的境界——因为它是分门别类地写人记事，而各个门类正好是对人的由正面到负面各种特点的多元化写照，所以，一个人物可以被编在正面的门类里予以表彰，也可能因为有这样那样的缺点和错误，而被“发配”到负面的门类里予以批评——总之，就像一个多棱镜，可以折射出一个性格丰富而复杂的人物的整体形象来。

这种全方位、多角度、立体式的写人记事的方法，就是我所说的“立体志人法”。

4.“变史家为说家”

关于《世说新语》的文体性质，一向众说纷纭，有说它是历史的，也有说它是小说的，甚至还有以散文小品目之的，至今莫衷一是。这就涉及这本书的取材范围和改编特色了。

（1）取材范围

《世说新语》并非原创性作品，而是采撷诸书编撰而成。鲁迅在《中国小说史略》中谓其“乃纂缉旧文，非由自造”，可谓一语中的。这里的“旧文”，就是指《世说新语》取材的前源文献，大体包括以下几种：

一是正史材料。《世说新语》成书之前，正史不外乎《史记》《汉书》和《三国志》三种（范晔的《后汉书》大体与《世说新语》同时，还算不上“前源文献”）。而考察下来，《世说新语》采纳正史的材料很少，总计不超过十条。这里仅举《贤媛》门一例：

19.3　汉成帝幸赵飞燕，飞燕谗班婕妤祝诅，于是考问。辞曰："妾闻死生有命，富贵在天。修善尚不蒙福，为邪欲以何望？若鬼神有知，不受邪佞之诉；若其无知，诉之何益？故不为也。"（婕妤妙对）

此条出自《汉书·外戚传》，文繁不录。相比之下，《世说新语》更为简约明快。至于原因，我下文再说。

二是杂史别传。这与汉晋之际私家修史的风气大有关系。我们从"杂""别"二字可以看出，这一类著作已渐渐偏离正史的撰述模式，而成为史传向小说蜕变的一个过渡环节。根据近人叶德辉《世说新语注引用书目》（共四百八十四种）及余嘉锡《世说新语笺疏》卷后引书索引，刘孝标引用魏晋时期各类杂史四十余种，杂传二十余种，别传八十余种，地志载记及起居注三十余种，家传世谱近五十种，杂史别传的分量举足轻重。可想而知，当时私家修史的成果远不止这些。尽管刘孝标作注的目的并不在考据出处，但刘注所引的这些文献为《世说新语》的编撰提供了参考依据和灵感来源，应该是没有问题的。比如《文学》门第18条：

4.18　阮宣子（脩）有令闻。太尉王夷甫（衍）见而问曰："老庄与圣教同异？"对曰："将无同？"太尉善其言，辟之为掾。世谓"三语掾"。卫玠嘲之曰："一言可辟，何假于三！"宣子曰："苟是天下人望，亦可无言而辟，复何假一！"遂相与为友。（三语掾）

根据《艺文类聚》和《太平御览》两部类书所引，这个故事极有可能取材于《卫玠别传》：

太尉王君（衍）见阮千里（瞻）而问曰："老庄与圣教异同？"曰："将无同？"太尉善其言，辟之为掾。世号阮瞻"三语掾"。王君（引者按：当作卫玠）见而嘲之曰："一言可以辟，何假于三！"阮曰："苟是天下民望，亦可无言而辟，复何假于一言！"（《艺文类聚》引）

对比这两条记载，尽管人物有异（一为阮脩、王衍，一为阮瞻、王衍），但内容及语感则几乎完全相同，两者的承传关系一目了然。

三是志人小说。魏晋之际，随着人才学和人物品藻的兴起，开始出现了专门记录“人间言动”或“言语应对之可称者”的志人小说，最著名的就是东晋裴启的《语林》和郭澄之的《郭子》二书。因为同属志人小说，《世说新语》对二书的采用虽不是照单全收，也差不多是能收则收。据统计，《语林》今存一百七十六条，又附录九条，计一百八十五条；其中，为《世说新语》所采用的多达六十四条，占《语林》现有条目数的三分之一还多。相对于《世说新语》全书一千一百三十条来说，平均每十八则条目中就有一条采自《语林》。而《郭子》的成书则晚于《语林》数十年，距《世说新语》成书更近。鲁迅《古小说钩沉》所辑录的《郭子》佚文共有八十四条，其中有七十四条为《世说新语》所采用，比例更是惊人。可见，刘义庆对志人小说的性质及宗旨有着清晰的自觉，对相关文献更是青眼有加。

四是诗赋杂文。在刘孝标的《世说注》引用书目中，还有题目赞论类著述十余种，诗赋杂文七十余种，释道三十余种。《世说新语》的不少条目，就是从这些文献材料中辑录而成，或原文照录，或略加剪裁，或对原材料进行较大的增删和加工。这就涉及《世说新语》的改编特色了。

（2）改编特色

前面说过，《世说新语》到底是一部史书，还是一部小说，这是古今学者一直聚讼纷纭的话题。我们姑且折中一点说吧。《世说新语》的取材近于“史家”，而经过改编后的文本面貌则又更靠近“说家”，此即所谓“变史家为说家”。

较早揭示这一点的是清初著名学者、诗人钱谦益。在为郑仲夔《兰畹居清言》所作的序文中，他说：“余少读《世说新语》，辄欣然忘食，已而叹曰：‘临川王，史家之巧人也。生于迁、固之后，变史法而为之者也。’”这里的“史家之巧人”和“变史法而为之”，一则指出了《世说新语》与史传的传承关系，一则又揭示出了其文体上的独特新变。

多年以后，钱谦益的族曾孙钱曾也说：“晋人崇尚清谈，临川王变史家为说家，撮略一代人物于清言之中，使千载而下如闻謦欬，如睹须眉。”（《读书敏求记》卷三《杂家》）很显然，钱曾是受了他的祖辈的影响，而“变史家为说家”的说法，特别强调了《世说新语》的“说家”特色，似乎更为切中肯綮。

上文已说，《世说新语》对正史材料的采用相当吝啬，而且还进行了不少剪裁与加工，因而在文风和趣味上与正统的史传相去甚远。究其原因，应该与这种“变史家为说家”的编撰宗旨密切相关。以性质最为接近，也被采录最多的《语林》和《郭子》为例，当能看出此中消息。

在论及《世说新语》与《语林》和《郭子》的关系时，鲁迅曾说：“《世说》文字，间或与裴、郭二家书所记相同。”（《中国小说史略》）但是，这里的“所记相同”等于否定了《世说新语》的改编之功，显然与事实不符。事实是，《世说新语》在采录前源文献时，基本上贯彻着“变史家为说家”的撰述宗旨，故多少还是有“自造”的成分在——即使对《语林》《郭子》这样的志人小说也不例外。

其主要改编特色有以下三点：

第一，删削历史人物的背景信息。即把史传特色明显的“乡、里、姓、字”等内容一概删去。如“满奋畏风”的故事最早见于《语林》，其文如下：

满奋字武秋，体羸，恶风，侍坐晋武帝，屡顾看云母幌，武帝笑之。或云：北窗琉璃屏风，实密似疏。奋有难色，答曰："臣为吴牛，见月而喘。"或曰是吴质侍魏明帝坐。

而在《世说新语·言语》门中，则作了如下改编：

2.20　满奋畏风。在晋武帝坐，北窗作琉璃屏，实密似疏，奋有难色。帝笑之，奋答曰："臣犹吴牛，见月而喘。"（吴牛喘月）

不仅满奋"字武秋，体羸，恶风"的背景介绍被删掉，还对"或云"的内容作了"择善而从"的处理，至于《语林》文末"或曰是吴质侍魏明帝坐"这样的传闻异辞，则干脆略去不提。这不是也有些"自造"的意思吗？

类似例子很多。如《语林》所载"杨修字德祖，魏初弘农华阴人也，为曹操主簿。曹公至江南，读曹娥碑文，背上别有八字……"云云，在《世说新语·捷悟》门中，被径直改为"魏武尝过曹娥碑下，杨修从，碑背上见题作……"对于故事的叙述节

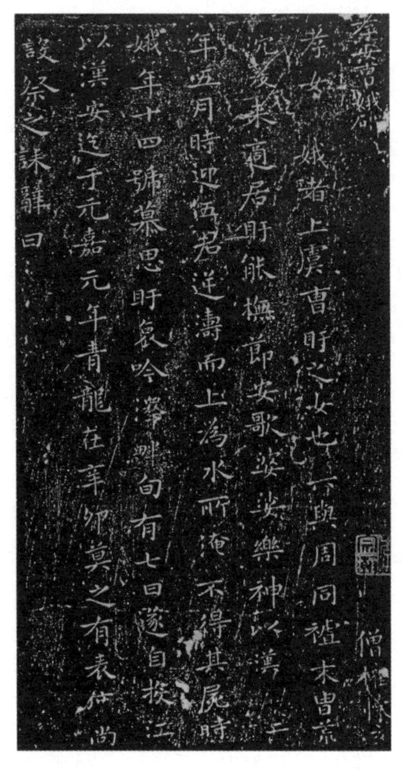
王羲之书《孝女曹娥碑》(局部)

奏而言，这样的改编显得斩截明快，直奔主题，因而增强了可读性。又如《语林》载："何晏字平叔，以主婿拜驸马都尉。美姿仪，面绝白……"《世说新语·容止》则作："何平叔美姿仪，面至白……"省略了人物的姓字背景，叙事节奏加快不说，也使故事中的人物与读者的时空距离缩短了。

总之，如果把原始故事比作一棵枝繁叶茂的大树，《世说新语》显然做了类似园艺家的修剪工作——剪去了旁逸斜出的枝叶，保留了大树的虬干铁枝——虽然于通常所说的"历史真实"不无损失，但在"艺术真实"上却得到了强化。

这种删繁就简的"二度创作"，使故事的情节内核得以凸显，人物形象也更为鲜明生动。这说明，处于志人小说草创阶段的《语林》，尚未完全摆脱史传的叙事模式和“实录”原则，而到了《世说新语》，这一历史包袱才被彻底甩掉。当一个历史上实有的人物脱去了“史传”的外衣，从历史恢宏而又混沌的背景中“淡出”“淡入”于我们的视野时，这个人物就容易给人以类似虚拟的“小说”印象，充满着这样或那样的未定点和意义空白，需要读者用自己的想象加以填补和具体化。这不正是“变史家为说家”的体现吗？

第二，虚化历史时间及重大历史事件。也即在具体故事的叙述上，《世说新语》自始至终排斥着史传“编年”体例的介入。编年叙事最容易给人以“陈年旧事”的直观印象，也更容易获得所谓历史真实感。即便《搜神记》这样的志怪小说，为了“发明神道之不诬”，也常用“晋献公二年”“献帝初平中”之类的表述对历史时间加以确定，以强化故事的真实性。但在《世说新语》中，这一惯例却被打破了，你几乎看不到“某某元年”之类的时间符号，似乎时间已经完全被“吸附”于人物的言语和行动中了。以开篇第一条为例，“陈仲举言为士则，行为世范，登车揽辔，有澄清天下之志”数句，因为剔除了人物的背景介绍和故事发生的具体时间，反而给人一种“正在进行”的时态印象。这种“略远取近”“瞬间定格”的叙事策略，在美学上的价值自然要比故作“史语”的《搜神记》高出一筹。

在《世说新语》中，史传叙事非常看重的时间已经被消解，历史纪年已不再具有独立的言说价值，只是作为人物言行的一部分才具有被叙述的意义，像“周处年少时”“简文作抚军时”“郗公值永嘉丧乱”“顾荣在洛阳”等表述充斥全书，我们只能通过有限的史识和大可怀疑的史实去连缀、重组那一堆若隐若现于人物言行背后的时间乱麻。——时间消失了，历史安在？《世说新语》的这种将历史时间附丽于人物具体言行之上的叙事手法，与现代小说颇有异曲同工之妙。美国意识流小说家威廉·福克纳曾说：“我抛开（故事）时间的限制，随意调度书中的人物，结果非常成功，至少在我看来效果极好。我觉得这就证明了我的理论，即时间乃是一种流动的状态，除在个人身上有短暂的体现外，再无其它形式的存在。”对历史人物在特定情境中当下、瞬间、片断性行为的凸现，使《世说新语》形成了一种异代同时、异域同地的独立自足的时空系统。这正是我们于“千载之下如闻謦欬，如睹须眉”的内在原因。

此外，《世说新语》对于史传所特别关注的重大历史事件，也采取虚化的处理方式。如《言语》门所载：

2.58　桓公入峡，绝壁天悬，腾波迅急。乃叹曰：“既为忠臣，不得为孝子，如何？”（忠臣孝子）

刘孝标注引《晋阳秋》称：“温以永和二年，率所领七千余人伐蜀，拜表辄行。”原来，“桓公入峡”四字，竟隐藏着一个重大的军事行动。这里，历史事件虚化为叙事中心的一个模糊背景，而人物一刹那的心灵悸动则成为叙事的焦点。无疑，这比平铺直叙桓温伐蜀的艰难险阻，更具时空的穿透力，也更能深入读者的心灵。

第三，淡化“历史真实”，强化“艺术真实”。如前所说，删削历史背景和虚化历史时间及重大事件，是用“做减法”来达到这一目的，那么有没有“做加法”的情况呢？当然有。比如，“韩寿偷香”的故事最早见于《郭子》，其文如下：

贾公闾（充）女悦韩寿，问婢识否。一婢云是其故主，女内怀存想。婢后往寿家说如此，寿乃令婢通己意，女大喜，遂与通。与韩寿通者乃是陈骞女。骞以韩寿为掾，每会，闻寿有异香气，是外国所贡，一着衣，历日不歇。骞计武帝唯赐己及贾充，他家理无此香；嫌寿与己女通，考问左右，婢具以实对，骞即以女妻寿。未婚而女亡，寿因娶贾氏，故世因传贾充女。

显然，这是一则传播渠道不同而内容稍异的传说，也即所谓“传闻异辞”。读这则材料时，因为“原生态”的历史事实过于错综复杂，我们难免会发出“生活比小说更精彩”的感叹。鲁迅从《太平御览》中辑录《郭子》的这条故事时，特别指出：“案，二说不同，盖前一说是世俗所传，后一说则郭氏论断也。”《郭子》两说并存的做法显然对保护“历史真实”更有利，但在《世说新语·惑溺》中，故事却得到了极富小说意味的“坐实”：

35.5　韩寿美姿容，贾充辟以为掾。充每聚会，贾女于青琐中看，见寿，说之，恒怀存想，发于吟咏。后婢往寿家，具述如此，并言女光丽。寿闻之心动，遂请婢潜修音问。及期往宿。寿蹺捷绝人，逾墙而入，家中莫知。自是充觉女盛自拂拭，说畅有异于常。后会诸吏，闻寿有奇香之气，是外国所贡，一着人则历月不歇。充计武帝唯赐己及陈骞，余家无此香，疑寿与女通，而垣墙重密，门阁急峻，何由得尔？乃托言有盗，令人修墙。使反，曰："其余无异，唯东北角如有人迹，而墙高非人所逾。"充乃取女左右婢考问，即以状对。充秘之，以女妻寿。（韩寿偷香）

相比《郭子》，《世说新语》显然更会"讲故事"，不仅篇幅增加了，叙事的视角也在不断变换，人物的心理刻画细致入微，情节也可谓一波三折，完全是一篇现代意义的微型小说。可见，《世说新语》的作者虽然对《语林》《郭子》一类志人小说多有采录，但并非原样照搬，一方面对其中的史传痕迹作了大刀阔斧的删削，另一方面对那些机智的对答和有趣的故事，又尽可能地加以增饰和润色，使其更具"传奇"和"八卦"的小说特色。就这个"韩寿偷香"的故事来说，不是已经埋伏着《西厢记》中张生与崔莺莺爱情故事的诸多桥段了吗？

不仅如此,《世说新语》的不少精彩故事，甚至是来自合理的杜撰与虚构，如果一味追求历史的“真实”，反倒显得吹毛求疵、不解风情了。事实证明，正是这种“变史家为说家”的精巧改编，为《世说新语》增添了迷人的光彩，成了其赢得后世万千读者的关键。

“清谈全集”的思想光影 三

在中国古代，可能很少有一部小说书会像《世说新语》一样与哲学、宗教、思想和文化的联系如此紧密。今天的读者如果想了解汉魏六朝的思想文化史，又没有时间和精力去“啃”那些思想家的著作，不妨先读读《世说新语》。书中的人物和故事，相当大的比例来自那个时代最优秀的士大夫、学者、诗人、艺术家和思想家，在看似“乱纷纷你方唱罢我登场”的话语狂欢中，我们与他们相识、相交、对话，于是乎，一个生动而又鲜活的思想世界就这样不可思议地打开了。

说起魏晋思想，清谈怕是绕不过的一个话题。这一章，我们就从清谈入手，去捕捉那些闪现在《世说新语》中的思想光影。

1. 清议与清谈的“话术”转换

在本书的开头，我列举了《世说新语》的“五大美誉”，算是为大家展示了此书的不同侧面。不过，要说从学术、思想和文化的角度给《世说新语》“定性”，我还是更认同陈寅恪先生的“清谈全集”说：

> 《世说新语》记录魏晋清谈之书也。其书上及汉代者，不过追溯原起，以期完备之意。惟其下迄东晋之末刘宋之初迄于谢灵运，固由其书作者只能述至其所生时代之大名士而止，然在吾国中古思想史，则殊有重大意义。盖起自汉末之清谈适至此时代而消灭，是临川康王不自觉中却于此建立一划分时代之界石及编完一部清谈之全集也。(《陶渊明之思想与清谈之关系》)

这段话不仅揭示了《世说新语》与魏晋清谈的关系，还特别指出，魏晋兴盛起来的清谈，在汉代就已“原起”；而此书之所以要以汉末政治家陈仲举、李元礼诸人开篇，正是为了“追溯原起，以期完备”。余英时则从士文化的角度立论，认为"《世说新语》为记载魏晋士大夫生活方式之专书……故其书时代之上限在吾国中古社会史与思想史上之意义或大于其下限也"(《士与中国文化》)。二人不约而同，都提到《世说新语》"时代之上限"，虽然没有明说，其实已经暗示了作为魏晋清谈源头的汉末清议。

关于汉末清议的产生背景，《后汉书·党锢列传》的一段话最可参考：

逮桓、灵之间，主荒政缪，国命委于阉寺，士子羞与为伍，故匹夫抗愤，处士横议，遂乃激扬名声，互相题拂，品核公卿，裁量执政，婞直之风，于斯行矣。……学中语曰：天下楷模李元礼（膺），不畏强御陈仲举（蕃），天下俊秀王叔茂（畅）。……并危言深论，不隐豪强。自公卿以下，莫不畏其贬议，屣履到门。

汉末清议有一个特别之处，就是有着极强的现实针对性，具体说就是对当时宦官专权、朝政昏聩的一种激烈的批评。其内容主要有二：一是政治批评，所谓"裁量执政"；二是人

李膺像

选自《历代名臣像》。李膺位列东汉“八俊”之首，有“天下楷模”之称。

物臧否，也即“品核公卿”。前者，有太学生与士大夫圈子的游谈和互相标榜可以为证；后者，最著名的例子莫过于汝南的“月旦评”。《后汉书·许劭传》载：“初，劭与靖俱有高名，好共核论乡党人物，每月辄更其品题，故汝南俗有‘月旦评’焉。”这里的“核论”，也即“深刻切实的议论”，和前面的“处士横议”“危言深论”，都是汉末清议在言说方式上的重要表现。因为清议表达了对当时政治的批判，自然引起宦官集团和皇帝的不满，东汉桓帝延熹九年（166）和灵帝建宁元年（168），清议名士先后遭到两次“党锢之祸”的清洗和弹压，陈仲举、李元礼等人相继罹难，天下士子噤若寒蝉。于是，清议不得不转为清谈。

"清谈"一词，汉末已见，最初与"清议"可以互称，其中也有人物批评的内涵；到了魏晋，才更多指向"抽象玄理之讨论"。在《世说新语》中，清谈又有"玄谈""清言""玄言""口谈""剧谈""微言""言咏"等多种异称，因为清谈主要盛行于魏晋，故而常称作"魏晋清谈"。所谓"魏晋清谈"，根据唐翼明的定义，主要"指的是魏晋时代的贵族和知识分子，以探讨人生、社会、宇宙的哲理为主要内容，以讲究修辞技巧的谈说论辩为基本方式而进行的一种学术社交活动"（《魏晋清谈》）。相比清议，清谈更多表现为一种"纯学术"的倾向，似乎与政治无关，不过，揆诸事实，恐怕并非如此简单。陈寅恪就曾指出：

汉画像石讲学图拓本

太学在汉末成了清议的重要场所。

大抵清谈之兴起由于东汉末世党锢诸名士遭政治暴力之摧压，一变其指实之人物品题，而为抽象玄理之讨论，启自郭林宗，而成于阮嗣宗，皆避祸远嫌，消极不与其时政治当局合作者也。(《陶渊明之思想与清谈之关系》)

陈先生说清谈“启自郭林宗，而成于阮嗣宗”，有没有根据呢？当然有。《后汉书·郭太（泰）传》记载：“林宗虽善人伦，而不为危言核论，故宦官擅政而不能伤也。及党事起，知名之士多被其害，唯林宗及汝南袁闳得免焉。”这里，“危言核论”再次出现，与“危言深论”正相映照，但前面却多了“不为”两字。这说明，颇有预见力的郭林宗已经敏感地嗅到了清议运动所面临的政治风险，故而不得不严格遵循孔子“邦无道，危行言孙”的教诲，将言论的方式、尺度控制在合乎时宜的范围内，以求规避不该有的安全隐患。他的“不为危言核论”，应该可以视为“清谈”的前奏和序曲。再看《世说新语·德行》第15条：

1.15　晋文王（司马昭）称：“阮嗣宗（籍）至慎，每与之言，言皆玄远，未尝臧否人物。”（阮籍至慎）

（唐）孙位《高逸图》中的阮籍

作为“竹林七贤”的领袖人物，阮籍一向佯狂放达著称，为什么司马昭会说他“至慎”呢？无他，盖因魏晋易代之际，司马氏与曹魏集团政争严酷，“天下多故，名士少有全者”(《晋书·阮籍传》)。政治高压之下，有识之士不得不明哲保身，以求全身远祸。阮籍的“言皆玄远”，比郭泰的“不为危言核论”更进一步：郭泰是尽量不说于己不利的话，阮籍则是说归说，却说得云遮雾障，玄虚缥缈；而“未尝臧否人物”，也即嵇康《与山巨源绝交书》中所谓“阮嗣宗口不论人过”，这分明是把“清议”的核心要素彻底删除了。我们把两则材料一对比，就可知陈寅恪所言不虚。

所以，一方面须承认，清议和清谈本质上不是一回事，不能混为一谈；另一方面又要看到，无论清议还是清谈，无不与现实政治有关，两者既有一种时间上的先后关系，又有一种逻辑上的因果联系，甚至在清议鼎盛的时代，已经有了清谈的萌芽和端倪。

从“危言核论”到“发言玄远”，印证了在言说方式上汉末清议向魏晋清谈的转变，而两者之间的重大差异所形成的内在张力，在郭林宗和阮嗣宗的“话术”转换中得到了缓解和弥合。可见，清谈表面上似乎不牵扯政治，但在根本上却和清议一样，都是对严酷的现实政治“应激反应”的产物。

2. 名教与自然的现实角力

如果从学术史的角度看，清议和清谈，正好对应着汉代经学与魏晋玄学这两个不同的学术思想发展阶段；而从清议到清谈的话术转换，似乎又与名教和自然的现实角力并行不悖。

大体而言，名教占据上风，则清议的风气兴盛；一旦名教被野心家绑架，变成阳奉阴违、倒行逆施的意识形态教条，则作为反向力量的自然追求便会异军突起，这时清谈的风气势必转强。“名教与自然之辨”之所以会成为魏晋玄学最重要的命题，且与士人在政治生活中出处、进退、仕隐的抉择切实攸关，其深层原因或许就在这里。

那么究竟何为名教、何为自然呢？

简单说，名教就是因名立教，以名为教，主要是指以孔子

顾炎武像

选自《清代学者象传》。顾氏乃开有清一代崇实学风的大儒。

"正名"观念及"君臣父子"之义为核心的，儒家所提倡的一整套伦理规范、道德标准和价值体系，举凡名分、名声、名节、名位、名器、名实等概念，皆为名教的题中之义。在《世说新语》中，"名教"有时又为"圣教""声教""礼教"等词所代换。大抵自汉代以降，名教及其所涵摄的"三纲六纪"等主流价值作为国家意识形态，一直为历代统治阶层（包括皇族和士大夫群体）所共同尊奉。顾炎武《日知录》卷一三《名教》条说：

后之为治者宜何术之操？曰唯名可以胜之。……故昔人之言曰名教，曰名节，曰功名，不能使天下之人以义为利，而犹使之以名为利，虽非纯王之风，亦可以救积洿之俗矣。……汉人以名为治，故人材盛；今人以法为治，故人材衰。

因为有名教这样一个近乎宗教般的绝对价值的存在，政权合法性也即政统便可以得到来自道统的加持，使王朝的国运在相对稳定的状态中得以或长或短的维系。当然，名教具有观念化和理想化的特质，容易给人一种人为设定和外在强加的印象，所以在魏晋那样一个重视本体论和宇宙论等形上问题研讨的时代，名教受到来自自然的冲击和挑战，无论在学术上还是政治上，都可以说是必然的。

老子像

选自《历代古人像赞》。老子是“越名教而任自然”的主要思想资源。

“自然”一词当然来自道家。在《老子》

一书中，“自然”出现过五次，皆作本然、天然解，指的是一种自在、自成、自为，不加人为影响的本初状态。与儒家重“名”相反，道家则以为“名可名，非常名”。不妨说，这是一种“非名”论的思想。由此又带来一种“贵无”论：“无名天地之始；有名万物之母。”（《老子》第一章）“天下万物生于有，有生于无。”（《老子》第四十章）“至人无已，神人无功，圣人无名。”（《庄子·逍遥游》）诸如此类。

在魏晋人看来，儒、道两家的不同趋向正可通过名教与自然的张力显示出来，故当时有“圣人贵名教，老庄明自然”（《晋书·阮瞻传》）之说。毋宁说，名教与自然的此消彼长，正是儒、道两家冲突和博弈的现实反映。与之相应，“有无”“本末”“体用”“天人”“情礼”“仕隐”之间的对待关系也被凸显出来，成为清谈时代的重要议题。以今天的眼光看，自然的追求或许比较接近“自由”，因而显得激进；而名教的捍卫比较关乎“秩序”，因而趋于保守。

如前所说，名教与自然的冲突和博弈绝不仅是学术上的，同时也是（甚至主要是）政治上的。对此，前辈学者多有论述。如陈寅恪说：“故名教者，依魏晋人解释，以名为教，即以官长君臣之义为教，亦即入世求仕者所宜奉行者也。其主张与崇尚自然即避世不仕者适相违反，此两者之不同，明白已甚。”（《陶渊明之思想与清谈之关系》）唐长孺也说：“魏晋玄学家所讨论的问题是针对着东汉名教之治的，因此玄学的理论乃是东汉政治理论的继承与批判，其最后目标在于建立一种更适合的政治理论，使统治者有所遵循以巩固其政权。我们完全可以相信这是为统治者服务的学说。”（《清谈与清议》）

不过，从思想史的角度看，以名教自然之辨为重大命题的魏晋玄学，虽然是儒、道两家的思想角力，但又不是儒、道两家各擅胜场、党同伐异的学问，而是儒、道两家“辨异玄同”、折中调和的学问。通常所说的“儒道互补”，大可以从这个角度来理解。

在《世说新语》中，名教与自然的内在张力是通过一些关键人物的言行展现出来的。如《德行》门先讲清议领袖陈仲举“有澄清天下之志”，接下来又说李膺“欲以天下名教是非为己任”（《德行》第4条），这种以天下为己任的淑世情怀正是儒家士大夫所独有的。甚至连作为太学生领袖的郭林宗，尽管深谙“不为危言核论”的护生保身之道，但其人格底色仍旧是儒家而非道家，在名教与自然之间，他显然是服膺名教更甚于自然。

到了魏晋，名教与自然的张力才逐渐增强，崇尚老庄自然无为之道的士大夫遍布朝野，拉开了清谈时代的帷幕。在一般魏晋玄学史的论说中，崇尚自然者被称作“贵无”派，主张名教者被称作“崇有”派。“有”和“无”在哲学上固然是对立的两极，但在现实生活中，又难免会发生两极之间的权衡和位移，二者在理论上的和解和玄同几乎是必然的。

大致说来，魏晋易代之际的清谈经历了三个发展阶段：第一阶段以“正始名士”何晏、王弼、夏侯玄为代表，他们服膺老庄而身在庙堂，故主张“名教出于自然”；第二阶段以“竹林名士”阮籍、嵇康为代表，他们看透名教为司马氏操纵后日渐虚伪，转而追慕老庄，与道逍遥，故鼓吹“越名教而任自然”（嵇康《释私论》）；第三阶段以“竹林名士”山涛、王戎、向秀为代表，尤其是向秀，在嵇康被杀后，也不得不投靠司马氏，故他们皆主张“名教同于自然”。这里，仅就后者略举三例以说明。

先看《世说新语·政事》第8条：

3.8 嵇康被诛后，山公举康子绍为秘书丞。绍咨公出处，公曰："为君思之久矣！天地四时，犹有消息，而况人乎？"（犹有消息）

这个故事极富思想内涵，在历史上颇致争议。山涛所谓"天地四时，犹有消息，而况人乎"，正是以"天人之际"论"出处之道"，其中隐含着对"名教自然之辨"的现实回答。服膺老庄之道、惯会与时俯仰的山涛，似乎是站在自然的立场上，对名教可能产生的执念作了一番消解："自然既有变易，则人亦宜仿效其变易，改节易操，出仕父仇矣。"（前引陈寅恪文中语）嵇绍毕竟年轻，被养父一般的山涛说服后，遂应诏出仕，就此改变了命运的轨迹。尽管山涛没有明说，但他显然是主张"名教同于自然"的。至于他的这番好心好意的举荐所遭致的口诛笔伐，恐怕是他始料未及的。（嵇绍最后"忠臣死节"的结局，乃是中国文化史上十分典型的伦理悖论，几乎可以用"人道灾难"来形容。）

（唐）孙位《高逸图》中的山涛

再看《世说新语·文学》第 18 条：

4.18　阮宣子有令闻，太尉王夷甫见而问曰："老庄与圣教同异？"对曰："将无同？"太尉善其言，辟之为掾。世谓"三语掾"。卫玠嘲之曰："一言可辟，何假于三！"宣子曰："苟是天下人望，亦可无言而辟，复何假一！"遂相与为友。（三语掾）

这里的"老庄与圣教"，其实就是"自然与名教"，可见二者的异同问题几乎是整个时代的“大哉问”。“将无同”三字为疑辞，言下之意，“大概相同吧”。阮脩这三个字的回答深得王衍的欣赏，遂聘请他做了太尉府的属官，时人谓之“三语掾”。而西晋另一位清谈大师卫玠却说：“一言可辟，何假于三！”这等于是说，一个“同”字即可，又何必这么啰嗦！这个故事说明，至少在西晋，“名教同于自然”，已经成为绝大多数清谈名士的基本共识。

当然，这种“名教同于自然”的思想，在学术上固然显得高明通透，落实在行为方式上，弊端却非常明显。最终的结果是，自然以“大本大源”的名义不断占据名教本有、也应有的空间，从而对世道人心产生负面影响。西晋末年，这一情况变得尤为严重。《世说新语·德行》载：

1.23　王平子（澄）、胡毋彦国（辅之）诸人，皆以任放为达，或有裸体者。乐广笑曰：“名教中自有乐地，何为乃尔也！”（名教乐地）

王澄、胡毋辅之等人属于“贵无派”中的“放达派”，他们沿着“越名教而任自然”的道路一往无前，以致彻底泯灭了“人禽之辨”，他们的裸体狂欢，成了放达派名士上演的一出最为丑陋的“真人秀”。乐广的“名教中自有乐地”一语，在思想史上大可注意。宋儒“孔颜乐处”之说，早已在此埋下伏笔。乐广作为一代清谈宗主，其思想底色是颇耐寻味的，甚至从某种意义上说是非常超前的。他十分敏感地注意到，一味放任“自然”，就有沦为“人化物”（《礼记·乐记》：“夫物之感人无穷，而人之好恶无节，则是物至而人化物也。人化物也者，灭天理而穷人欲者也。”）的可能，所以才用不伤和气的态度（“笑曰”）对王、胡诸人加以规劝。或许在乐广眼里，名教固然是出于自然，但同时又是高于自然的。

总之，透过《世说新语》这扇窗口，我们看到了故事版的魏晋清谈及其发展史的内在理路：“名教出于自然”是以道解儒，于调和中见紧张；“越名教而任自然”是近道远儒，于偏激中显对立；“名教同于自然”则是弥合儒、道，于“辨异”中致“玄同”。

换言之，在“名教”与“自然”的思想博弈或者说儒、道两家的现实角力中，一直是此消彼长，相反相成的，从来就没有出现过“一边倒”的局面（至少在魏晋时是如此）。有人把魏晋玄学看作道家哲学，以为玄学就是为老庄思想“背书”，这样的观点怕是经不起推敲的。

3. 清谈盛宴的华丽榜单

魏晋清谈到底谈什么呢？简而言之，就是所谓“三玄”，即《老子》《庄子》《周易》这三部涉及抽象思辨的先秦经典。“三玄”之目，出自《颜氏家训·勉学》篇：“何晏、王弼，祖述玄宗……《庄》《老》《周易》，总谓三玄。”可以说，“三玄”是魏晋六朝的清谈盛宴中不可替代的“玄学大餐”。

“三玄”之外，清谈比较热衷的话题还有：自然名教之辨、本末有无之辨、言意之辨、圣人有情无情之辨、才性四本论、养生论、声无哀乐论、形神之辨、鬼神有无论、佛经佛理，等等，甚至还包括《论语》《礼记》《孝经》等儒家经典。这些“言家口实”，基本上都可在《世说新语》中找到出处，有兴趣的读者可以查验一番。

（清）华嵒《金谷园图》

佚名《兰亭雅集图》

作为一种贵族沙龙式的高雅学术活动，清谈的程式和规则颇有讲究，大概是从汉代经生讲经的模式中脱胎而来，又与汉末太学的“游谈”颇有渊源，同时也吸收了佛教讲经的模式。只不过讲经更像是独角戏、一言堂；而清谈则是辩论会、群言堂，而且角色分工明晰，各司其职，有条不紊，场面上颇有“仪式感”。进行清谈的场合，要么是在名士的庄园府邸，要么是在佛教寺院，有时候干脆就在朝堂之上、山水之间。如著名的“洛水戏”“金谷游”“南楼咏”和“兰亭会”等，其实都是以清谈活动为主的文人雅集。

在对清谈论辩的记述中，有一些常用的“术语”，如“主客”“往返”“交番”“论难”“攻守”“胜屈”之类，不一而足。这里我们趁便以乒乓球运动为喻，作一个通俗性的说明。比如，论辩双方就是参赛选手，发起者就是裁判，其他人则做观众或拉拉队员（“坐客”）；有发球权的一方是“主”（或谓“法师”，负责“唱经”），接发球反击的一方是“客”（或谓“都讲”，负责“送难”），攻守随时发生转换；发球是“通”“条”或者“道”，接发球是“问”或者“作难”（难，读去声），一个回合叫一“番”或一“交”，多个回合叫“往返”；发了一个好球或进攻得分叫"名通""名论"或"胜理",回了一个好球或防守得分叫"名对",打得不好叫做"乱",或"受困",打得好就叫"可通",打输了就叫"屈";打得好,"四座莫不厌心","众人莫不抃舞",气氛达到高潮。

总之,清谈论辩很像是一场关乎荣誉的战斗,主客双方都要调动极大的智力和体能才能应战,对于旁观者而言,只要你进入情境,并带有一定的倾向性,那一定是心跳加快,手舞足蹈,狂热无比的。

说起来,魏晋时期的清谈名士真是络绎不绝,群星璀璨。东晋名士袁宏(字彦伯)在其所撰的《名士传》中,开具了一份由十八人组成的"华丽榜单":

正始名士:夏侯太初(玄)、何平叔(晏)、王辅嗣(弼);

竹林名士:阮嗣宗(籍)、嵇叔夜(康)、山巨源(涛)、向子期(秀)、刘伯伦(伶)、阮仲容(咸)、王濬冲(戎);

中朝名士:裴叔则(楷)、乐彦辅(广)、王夷甫(衍)、庾子嵩(敳)、王安期(承)、阮千里(瞻)、卫叔宝(玠)、谢幼舆

（鲲）。(《文学》第 94 条注引）

这个“大名单”之所以重要，是因为它正好对应了前面所说的魏晋清谈的几个发展阶段，每一个阶段都有这些名士们演绎的精彩故事。下面，我就结合《世说新语》的记载，说说魏晋历史上几场著名的“清谈盛宴”。

（1）正始之音

从学术思想史的角度看,《世说新语》的《文学》一门很值得注意，它在体例上颇有破格之处，既兼顾了“孔门四科”中“文学”一科的“学术”内涵（第 1—65 条记经学、玄学清谈及佛学等学术内容），又特别彰显了“文章”（犹今之所谓“纯文学”）的独立地位（第 66—104 条记诗、赋、文、笔等文人轶事，类同后世的“诗话”“文话”），如此“一目中复分两目”（王世懋评语），等于把“文章”与“学术”作了一个切割。这样一种安排，应该与刘宋文帝初年，立儒学、玄学、史学、文学四大学馆的重要举措不无关系。所以，要了解魏晋清谈的真实情况，《文学》一门不可不读。

历史上最具典范意义的清谈盛宴，首推何晏、王弼开创的“正始之音”。何、王二人之所以被称为“清谈祖师”，正是因为他们在清谈的内容、程式、方法及理想境界上，为后世建立了可以遵循的尺度，同时也确立了难以逾越的高度。《世说新语·文学》如下两条可窥一斑：

4.6　何晏为吏部尚书，有位望，时谈客盈坐。王弼未弱冠，往见之。晏闻弼名，因条向者胜理语弼曰：“此理仆以为极，可得复难不？”弼便作难，一坐人便以为屈。于是弼自为客主数番，皆一坐所不及。（何王辩难）

4.7　何平叔（晏）注《老子》始成，诣王辅嗣（弼），见王注精奇，乃神伏，曰：“若斯人，可与论天人之际矣！”因以所注为《道》《德》二论。（平叔神伏）

从第一个故事可以看出，作为曹魏时期的清谈领袖，何晏的府邸经常召集清谈辩论会，而尚未弱冠的王弼首次亮相，便语惊四座，不仅驳倒了何晏的“向者胜理”（即刚刚在和他人的论辩中获胜的道理），而且还“自为客主数番”，就是同一个辩题，他既做正方又做反方，反复辩难多个回合，“皆一坐所不及”，真可谓辩才无碍，所向无敌。这次清谈论辩是什么话题，已不得而知，但在魏晋玄学史上，王弼因为“以老解孔”和“援道入儒”而占据重要地位，他的调和儒、道的努力，使这两家思想内在的紧张关系得到了缓解，则是不争的事实。

第二个故事更有深意。身为吏部尚书、学界偶像的何晏，虽然在与晚辈王弼的论辩中落败，却不以为意，不仅主动拜访王弼探讨学问，而且见到王注《老子》比自己的“精奇”，不禁“神伏”，对其赞叹有加。“可与论天人之际”，既是“中转”自司马迁的“究天人之际”（《报任安书》），又是遥接子贡“夫子之言性与天道，不可得而闻也”（《论语·公冶长》）的感叹，同时还回应了“名教自然之辨”的时代命题。何、王二人在会通天人、有无、本末、儒道的玄学追求上可谓不约而同，不谋而合，后来何晏的改“注”为“论”，既有避其锋芒、知难而退的意思，也未尝不可以视作学术上的“分工合作”。从二人名下的著作（何晏有《论语集解》《道德论》等，王弼有《老子指略》《周易略例》等）来看，其中似乎真有某种“默契”。

据该条刘注引《魏氏春秋》：“弼论道约美不如晏，自然出拔过之。”可知二人在学术上各有千秋，互有短长。何晏对年少才高的王弼不仅没有嫉贤妒能，反而不吝赞美，提携呵护，不遗余力；而在彼此共同关切的学术讨论中，尊卑、长幼等人情世故的讲求完全被抛在脑后，取而代之的是对义理和思辨的执着追求——这才是“正始之音”最令人动容和神往的地方。

与“正始之音”几乎同时的还有著名的“竹林之游”，不过，正如唐翼明所说，竹林七贤只是清谈中的变调，并非典型（《魏晋清谈》）。他们在饮酒和任诞的表现上更为突出，形成了所谓“林下风气”。当然，阮籍和嵇康都是写诗著论的高手，他们的玄学成就多以论文的形式出现（如阮籍有《通易》《通老》《达庄》三论及《大人先生传》，嵇康有《养生》《声无哀乐》《难张辽叔自然好学》《释私》诸论），也算是魏晋清谈史上一道特别的风景。

（2）中朝谈戏

这里的“中朝”，所指即为西晋。中朝清谈，以太康、元康年间最为兴盛，当时乐广、王衍、裴頠先后擅场，鼎足而三；之后郭象、阮瞻、卫玠等人枝附影从，推波助澜。尤其是乐广，几乎是西晋清谈之风的开创者。《晋书》本传载：“尚书令卫瓘，朝之耆旧，逮与魏正始中诸名士谈论，见广而奇之，曰：‘自昔诸贤既没，常恐微言将绝，而今乃复闻斯言于君矣。’”这分明是把乐广当作“正始之音”的继承人了。在《世说新语·文学》门中，乐广的清谈给人留下深刻印象：

4.14　卫玠总角时，问乐令（广）梦，乐云：“是想。”卫曰：“形神所不接而梦，岂是想邪？”乐云：“因也。未尝梦乘车入鼠穴、捣齑啖铁杵，皆无想、无因故也。”卫思因，经日不得，遂成病。乐闻，故命驾为剖析之，卫即小差。乐叹曰：“此儿胸中当必无膏肓之疾！”（乐令释梦）

4.16　客问乐令“旨不至”者，乐亦不复剖析文句，直以麈尾柄确几曰：“至不？”客曰：“至。”乐因又举麈尾曰：“若至者，那得去？”于是客乃悟服。乐辞约而旨达，皆此类。（辞约旨达）

这两则故事，可以视作魏晋清谈的实录，从中不难看出，乐广的清谈，不仅辞约旨达，而且善巧方便，尤其是他用麈尾

敦煌莫高窟 103 窟《维摩诘经变像》

维摩诘手中所持正是麈尾，与《高逸图》中阮籍所持的麈尾是同一物件，只不过有大小之别。麈尾逐渐脱略实用功能，更多成为名士清谈的标志性道具。

（一种类似拂尘和羽扇的工具，当时名士清谈时必执麈尾，相沿成习，使其成为一种清谈盛会上的风流雅器）敲击几案，来解释《庄子》“指不至，至不绝”的深邃哲理，很像后来的禅宗公案，钱锺书谓其“未有禅宗，已有禅机”（《谈艺录》），真是一语中的。

再看《言语》门第23条：

2.23　诸名士共至洛水戏，还，乐令问王夷甫（衍）曰：“今日戏乐乎？”王曰：“裴仆射（頠）善谈名理，混混有雅致；张茂先（华）论《史》《汉》，靡靡可听；我与王安丰说延陵、子房，亦超超玄著。”（洛水戏）

这个故事应该是对中朝清谈的真实记录。我们看到，无论名理，还是《史》《汉》，抑或延陵、子房这样的历史人物，都可以作为清谈的内容，而乐广“今日戏乐乎”的提问，无意中泄露了清谈的无拘无束、畅所欲言、心无旁骛的自由境界给人带来的审美享受与精神满足。

乐广之后，执清谈之牛耳的是太尉王衍，与之对垒且不落下风的则是有“言谈之林薮”（《赏誉》第18条）之誉的裴頠。

王衍因为服膺何晏、王弼的“贵无”论，终日谈空说无，故作清高。裴頠以“王衍之徒，声誉太盛，位高势重，不以物务自婴，遂相放效，风教陵迟，乃著《崇有》之论以释其蔽”（《晋书·裴頠传》）。于是，二人之间发生了颇富戏剧性的激烈论战。《世说新语·文学》载：

4.12　裴成公作《崇有论》，时人攻难之，莫能折，唯王夷甫来，如小屈。时人即以王理难裴，理还复申。（裴王论难）

为什么裴頠与“时人”两度论辩，所向披靡，唯独碰到王衍才“如小屈”呢？原来王衍清谈有个毛病，“义理有所不安，随即改更，世号‘口中雌黄’”（《晋书·王衍传》）。我想裴頠很可能不是辩不过他，只是不屑置辩罢了。此条刘注引《晋诸公赞》说：“后乐广与頠清闲欲说理，而頠辞喻丰博，广自以体虚无，笑而不复言。”乐广似乎是周旋于“贵无”和“崇有”之间的“中间派”，这一点，我们从他“名教中自有乐地”的观点和“清己中立”（《晋书·乐广传》）的处世态度便可约略感知。只可惜，乐广、王衍虽善清谈，却不长于著论，在玄学史上反不如写过《崇有论》的裴頠引人瞩目。

不过无论如何，中朝谈座上有这三个人物，已经足够热闹了。这之后是所谓“五胡乱华”，“永嘉南渡”，颠沛流离之中，风华绝代的清谈天才卫玠横空出世，正是他，为中朝清谈画上了一个“悲欣交集”的句号。《世说新语·赏誉》记载：

8.51　王敦为大将军，镇豫章，卫玠避乱，从洛投敦，相见欣然，谈话弥日。于时谢鲲为长史，敦谓鲲曰：“不意永嘉之中，复闻正始之音。阿平（王澄）若在，当复绝倒。”（永嘉之音）

卫玠在永嘉之乱中投奔王敦，“相见欣然，谈话弥日”；后来王敦又请来另一位清谈名家谢鲲与卫玠对谈，“玠见谢，甚说之，都不复顾王，遂达旦微言，王永夕不得豫”（《文学》第20条）。王敦“不意永嘉之后，复闻正始之音”的感叹，与卫玠的祖父卫瓘评价乐广的话很相似，无不流露出对何晏、王弼所开创的清谈风气的由衷向往。刘孝标注引《卫玠别传》：“妻父有冰清之姿，婿有璧润之望，所谓秦晋之匹也。”（《言语》第32条注引）乐广和卫玠这一对翁婿，一前一后，遥相呼应，差不多可以视为“正始之音”的隔代回响，中朝清谈亦可谓渊源有自，高潮迭起。

（3）江左风流

"江左"，又叫"江东"，本是一地理名词，指长江下游南岸地区，这里特指东晋一朝。

和此前不同，东晋是典型的"门阀政治"（参田余庆《东晋门阀政治》），皇权与士权分庭抗礼，以至有"王与马，共天下"之说。与之相应，名教与自然的紧张关系已不复存在，无论是政治上还是学术上，二者似乎都已进入"蜜月期"。这时的清谈与士大夫政治态度、实际生活已无密切关系，成了陈寅恪所谓"口头虚语，纸上空文，仅为名士之装饰品而已"（《陶渊明之思想与清谈之关系》）。我们分别举不同时段的几个例子以见其大概。

先看《世说新语·文学》：

4.22　殷中军（浩）为庾公（亮）长史，下都，王丞相（导）为之集，桓公（温）、王长史（濛）、王蓝田（述）、谢镇西（尚）并在。丞相自起解帐带麈尾，语殷曰："身今日当与君共谈析理。"既共清言，遂达三更。丞相与殷共相往反，其余诸贤略无所关。既彼我相尽，丞相乃叹曰："向来语，乃竟未知理源所归。至于辞喻不相负，正始之音，正当尔耳。"明旦，桓宣武语人曰："昨夜听殷、王清言，甚佳！仁祖亦不寂寞，我亦时复造心；顾看两王掾，辄翣如生母狗馨！"（殷王清言）

这次清谈颇具标志意义，时间应该在东晋咸和九年（334）之后，这时王敦、苏峻之乱已先后平息，政坛上庾亮开始崛起，王导虽为宰辅，权力大不如前，已有引退之意，故其奉行"愦愦"之政，处理政事常画诺务虚，而于清谈则尤为措意。要知道，作为东晋开国名相，王导不仅是富有韬略的政治家，也是开风气的清谈家。他早年曾"在洛水边，数与裴成公、阮千里诸贤共谈道"（《企羡》第2条）；过江后，尤擅长谈论嵇康的《声无哀乐》《养生》和欧阳建的《言尽意》"三理"，"宛转关生，无所不入"（《文学》第21条），其玄学水平自不必说，允为江左清谈宗主。殷浩则是当时崭露头角的青年玄学家，尤其擅长"四本论"（才性离、合、同、异之论），只要"言及《四本》，便若汤池铁城，无可攻之势"（《文学》第34条）。二人这一番清谈遭遇战十分酣畅淋漓，在桓温、王濛、王述、谢尚等名士的围观下，竟至三更才“彼我相尽”。年近耳顺的王导大概自过江以后，从未享受过如此的清谈妙境，不禁感叹：“刚才我们所谈，竟然分不清各自义理的源流归属，但言辞譬喻不相背负，各臻其妙，传说中的‘正始之音’，大概正该如此罢！”桓温之后的点评也是字字珠玑，非常精彩，清谈带给大家的快乐是那么美好而强烈，以至于第二天还如佳酿醇醪般令人回味！

再看《文学》第40条：

4.40　支道林（遁）、许掾（询）诸人共在会稽王（司马昱）斋头，支为法师，许为都讲。支通一义，四坐莫不厌心；许送一难，众人莫不抃舞。但共嗟咏二家之美，不辩其理之所在。（二家之美）

这是东晋时王公、名士与名僧清谈雅集的生动案例。故事的后一句——“但共嗟咏二家之美，不辩其理之所在”——和上条故事王导所谓“向来语，乃竟未知理源所归”，道出了江左清谈的一个特点，那就是“辞胜于理”，也即更为注重修辞的精巧，辞藻的华美，音调的悦耳，以及在论辩过程中所展示出来的人格风神之美；至于义理的圆融、逻辑的周洽、胜负的归属，反倒还在其次。下面这条也可为好例：

4.55　支道林、许（询）、谢（安）盛德，共集王（濛）家，谢顾谓诸人："今日可谓彦会，时既不可留，此集固亦难常，当共言咏，以写其怀。"许便问主人："有《庄子》不？"正得《渔父》一篇。谢看题，便各使四坐通。支道林先通，作七百许语，叙致精丽，才藻奇拔，众咸称善。于是四坐各言怀毕。谢问曰："卿等尽不？"皆曰："今日之言，少不自竭。"谢后粗难，因自叙其意，作万余语，才峰秀逸。既自难干，加意气拟托，萧然自得，四坐莫不厌心。支谓谢曰："君一往奔诣，故复自佳耳。"（一往奔诣）

这次清谈已是后起之秀们的舞台，所谈乃是"三玄"之一的《庄子》。名僧支道林是当时的庄学大师，尤擅长"逍遥义"，没想到在谈《渔父》一篇时，却被谢安抢走了风头，"七百许语"与"万余语"，相去岂可以道里计！这时的谢安，无论在政坛还是清谈名士圈中，都已是举足轻重的人物了。

以上几例，都是著名的清谈场景，总的来说还算一片祥和，让我们对这种高雅的学术论辩和精致的语言游戏印象深刻。但是且慢，清谈论辩并不都是这么中规中矩，皆大欢喜的，只要有对真理的执着和对胜利的渴望，就一定会有剑拔弩张，互不相让。所以，在清谈的记录中，常会出现一些军事术语，不免让人心惊肉跳。比如前面提到的殷浩，就是一位辩才无碍而又十分好斗的清谈家，他一旦得手，绝不给对手留下任何机会，正是他，让清谈论辩充满了火药味儿——《世说新语》中诸如"汤池铁城""崤函之固""云梯仰攻""安可争锋"等成语，几乎都与殷浩有关。

当时能和殷浩抗衡的只有孙盛。《续晋阳秋》说："孙盛善理义。时中军将军殷浩擅名一时，能与剧谈相抗者，唯盛而已。"（《文学》第 31 条注引）二人的一场清谈大战遂成为魏晋清谈史上最著名的桥段：

4.31　孙安国（盛）往殷中军（浩）许共论，往反精苦，客主无间。左右进食，冷而复暖者数四。彼我奋掷麈尾，悉脱落，满餐饭中。宾主遂至莫忘食。殷乃语孙曰："卿莫作强口

马，我当穿卿鼻！”孙曰：“卿不见决鼻牛，人当穿卿颊！”（孙殷共论）

这一次，殷浩是主场，孙盛是客场，筵席之上发生的这场论战近乎白热化：“往反精苦”是说二人攻守狠辣，招招见血；“客主无间”是说全无清谈应有的礼仪和规范，互怼互撕，攻守胶着，场面几乎已不可控。更有甚者，两人斗到酣畅处，早已不顾斯文，竟把清谈的风流道具——麈尾当作“助攻”的武器，“彼我奋掷”，弄得麈尾毛都脱落在杯盘餐饭之中，一片狼藉。饭菜冷了被人拿去热好再端上来，如此反复多次。“宾主遂至莫忘食”一句尤妙，我看不是忘了吃，分明是无法下箸。到了最后，甚至搞起“人身攻击”。殷浩说：“你不要做强口马，小心我穿你的鼻子！”孙盛回答得更妙：“穿鼻子算什么？难道你没见过挣脱鼻环逃跑的牛么？对你这号人，要穿就穿你的脸颊，让你挣都挣不脱！”

故事到了这里戛然而止，那场一千七百年前的斗智斗勇的清谈大战，似乎至今还没有收场——这两个史上有名的“杠精”，是多么可爱的一对妙人！

4."清谈误国"哂未休

对魏晋清谈的评价问题，这里也不妨一说。

之前我们提到，魏晋玄学大抵是围绕着"名教自然之辨"这一议题展开，名教与自然的消长又与清议和清谈的起落若合符节。所以，对清谈的历史评价也与名教和自然在现实政治中的地位相关。大体而言，大一统王朝要比偏安政权（或同一王朝的鼎盛期要比衰落期）对清谈的批判更为严厉些，这应该是不难理解的。这里我先举几个例子。

比如西晋立国之初，大臣傅玄就曾上疏晋武帝说："近者魏武好法术，而天下贵刑名；魏文慕通达，而天下贱守节。其后纲维不摄，而虚无放诞之论，盈于朝野，使天下无复清议，而亡秦之病，复发于今。"（《晋书》本传《举清远疏》）这显然是对正始以来"虚无放诞之论"（"虚无"指何晏、王弼，"放诞"指嵇康、阮籍）的严厉批判，等于奏响了"清谈误国"论的先声。"天下无复清议"一句，更将清议与清谈截然对立起来了。

傅玄死后，清谈之风死灰复燃，太尉王衍祖述“虚无”，其弟王澄引领“放诞”，二风交炽，愈演愈烈，适逢贾后干政，八王乱起，终至“五胡”犯境，西晋亡国，连王衍本人死前都痛定思痛，追悔莫及。《晋书·王衍传》写道：

衍将死，顾而言曰：“呜呼！吾曹虽不如古人，向若不祖尚浮虚，戮力以匡天下，犹可不至今日！”时年五十六。

王衍的“曲终奏雅”，正是来自“贵无”派内部的“清谈误国”论。这种论调在清谈蔚为时尚和“装饰品”的东晋一朝，依然此起彼伏，不曾消歇。东晋儒者范宁承傅玄绪余，也将“清谈误国”的责任归咎于王弼、何晏，认为“二人之罪，深于桀纣”(《晋书·范宁传》)。此外，如干宝、应詹、葛洪、卞壶、江惇、熊远、陈頵等人，皆曾著论对清谈严加批评，流风所及，就连清谈圈内人如桓温、王羲之也不例外。《世说新语·轻诋》记载：

26.11　桓公入洛，过淮、泗，践北境，与诸僚属登平乘楼，眺瞩中原，慨然曰：“遂使神州陆沉，百年丘墟，王夷甫

诸人，不得不任其责！"（桓公入洛）

桓温年轻时也是个不折不扣的清谈家，被当时的清谈大师刘惔许为"第一流"人物。一次他和刘惔听讲《礼记》，桓温说："时有入心处，便觉咫尺玄门。"刘惔则说："此未关至极，自是金华殿之语。"（《言语》第64条）两相比较，桓温之言会通儒道，兼综礼玄，似乎比刘惔所言更为入玄近道。不过，桓温之为桓温，关键不在清谈，而在其西征北伐、志在光复中原的英雄志业，尽管他也曾热衷清谈，但骨子里恐怕是视清谈为"余事"的，故其把王衍之流视为"神州陆沉，百年丘墟"的罪魁祸首，可谓"事有必至，理有固然"。

"桓公入洛"条刘注引《八王故事》称："夷甫虽居台司，不以事物自婴，当世化之，羞言名教。自台郎以下，皆雅崇拱默，以遗事为高。四海尚宁，而识者知其将乱。"《八王故事》的作者卢綝也是东晋人，足见在清理西晋亡国留下的"政治遗产"时，"清谈误国"论是当时大多数士人的基本共识。

当然，也不是没有反对的声音。《世说新语·言语》载：

2.70　王右军（羲之）与谢太傅（安）共登冶城，谢悠然远想，有高世之志。王谓谢曰："夏禹勤王，手足胼胝；文王旰食，日不暇给。今四郊多垒，宜人人自效；而虚谈废务，浮文妨要，恐非当今所宜。"谢答曰："秦任商鞅，二世而亡，岂清言致患邪？"（清言致患）

这是关于"清谈误国"的一次重要论辩。谢安的反诘，有力地批驳了"清谈误国"论的简单化倾向，把对亡国原因的探究进一步推向深入。换言之，清谈绝不是亡国的充分必要条件，不能把学术问题作为政治腐败、国家沦陷的替罪羊。谢安的思考堪称高瞻远瞩，发人深省。

不过谢安的辩护并未洗脱清谈的罪名。唐宋以降，对清谈亡国的指摘依旧不绝于耳。如唐修《晋书·儒林传序》说："有晋始自中朝，迄于江左，莫不崇饰华竞，祖述玄虚，摈阙里之典经，习正始之余论，指礼法为流俗，目纵诞以清高。遂使宪章弛废，名教颓毁，五胡乘间而竞逐，二京继踵以沦胥。运极道消，可为长叹息者矣。"

北宋文学家叶梦得论及竹林七贤优劣时，褒嵇贬阮，竟说："（阮籍）若论于嵇康前，自宜杖死！"（《避暑录话》卷上）可见其对清谈时代"士无特操"的状况是深恶痛绝的。南宋大儒朱熹亦不以清谈为然，说："晋宋间人物，虽曰尚清高，然个个要官职，这边一面清谈，那边一面招权纳货。渊明却真个是能不要，此其所以高于晋宋人也。"认为清谈虽为汉末节义之风式微所激，但在"东汉崇尚节义之时，便自有这个意思了。盖当时节义底人，便有傲睨一世，污浊朝廷之意。这意思便自有高视天下之心，少间便流入于清谈去"（《朱子语类》卷三十四）。此说虽未提"清谈误国"，其实也隐含这一层意思。

为《资治通鉴》作注的胡三省也说："正始所谓能言者，何平叔数人也。魏转而为晋，何益于世哉？王祥所以可尚者，孝于后母，与不拜晋王耳。君子犹谓其任人柱石，而倾人栋梁也。理致清远，言乎？德乎？清谈之祸，迄乎永嘉，流及江左，犹未已也。"

不过总的来说，宋明学术亦尚虚，理学也好，心学也罢，都强调穷理尽性，明心见性，对佛、老及魏晋玄学的形上思辨多有折中，故其对清谈尚有"了解之同情"。及至清代，民族矛盾加剧，士大夫不得不崇尚名教之义，严明夷夏之辨，学术上亦推崇实学，强调经世致用，“清谈误国”论遂再度抬头，甚至比以往更为激烈。清初大儒顾炎武《日知录》卷七“夫子之言性与天道”条云：

五胡乱华，本于清谈之流祸，人人知之。孰知今日之清谈，有甚于前代者。昔之清谈谈老庄，今之清谈谈孔孟。未得其精，而已遗其粗；未究其本，而先辞其末。

同书卷十三“正始”条又说：

有亡国，有亡天下。亡国与亡天下奚辨？曰：易姓改号谓之亡国，仁义充塞而至于率兽食人，人将相食，谓之亡天下。魏晋人之清谈何以亡天下？是孟子所谓杨、墨之言，至于使天下无父无君而入于禽兽者也。……自正始以来，而大义之不明遍于天下。

这已不是“误国”“亡国”论了，直是将“亡天下”之罪也一股脑儿归诸清谈！

顾炎武显然认识到清议与清谈、名教与自然之消长对于天下风俗的影响，故《日知录》卷十三又设“清议”“名教”二条，前者说：“天下风俗最坏之地，清议尚存，犹足以维持一二，至于清议亡，而干戈至矣。”后者说：“晋宋以来，风衰义缺，故昔人之言，曰名教，曰名节，曰功名，不能使天下之人以义为利，而犹使之以名为利，虽非纯王之风，亦可以救积洿之俗矣。”

与之同时的另一位大儒王夫之也说：“夫晋之人士，荡检逾闲，骄淫懡靡，而名教毁裂者，非一日之故也。……孔融死而士气灰，嵇康死而清议绝，名教为天下所讳言，同流合污而固不以为耻。”（《读通鉴论》卷十二）顾、王二人的观点，今人可能以为迂腐冬烘，然而在当时，又确有其创巨痛深、不得不然者在焉。

差不多百年之后，清儒钱大昕才在《何晏论》中提出不同观点：

乌呼，（范）宁之论过矣！史家称之，抑又过矣。方典午之世，士大夫以清谈为经济，以放达为盛德，竞事虚浮，不修方幅，在家则丧纪废，在朝则公务废。……然以是咎嵇、阮可，以是罪王、何不可。……自古以经训专门者，列于儒林，若辅嗣之《易》、平叔之《论语》，当时重之，更数千载不废，方之汉儒即或有间，魏晋说经之家，未能或之先也。（范）宁既志崇儒雅，固宜尸而祝之，顾诬以“罪深桀纣”，吾见其蔑儒，未见其崇儒也。论者又以王、何好老庄，非儒者之学，然二家之书具在，初未尝援儒以入庄老，于儒乎何损？（《潜研堂文集》卷二）

这是站在正统儒家经学的立场上，为有功于经学的何晏、王弼翻案，理据甚明，持论甚严。而读其《清谈》一文，又称“魏晋人言老庄，清谈也；宋明人言心性，亦清谈也。……王安石之新经义，亦清谈也。神京陆沉，其祸与晋等”（《十驾斋养新录》卷十八），似乎依旧是“清谈误国”论的拥护者。

近代以来，西学东渐，国学式微，来自名教的压力为之减轻，而自然的舒张似乎更受重视。诸子之学于焉大兴，老庄思想因而崛起，大有与经学相颉颃之势。尤其经历“小说界革命”“新文化运动”“白话文运动”之后，传统的“旧文学”被

“新文学”所挤兑，渐渐失去主导地位。与此相应，原本在过去的评价中处于异端或旁支的文化遗产，似乎更因其具有某种与西学对话的“现代性”因素而受到青睐，这时人们对魏晋清谈的理解便与以往大不同，《世说新语》及其所承载的“魏晋风度”也因此备受关注，重放异彩。相形之下，“清谈误国”论似乎显得不合时宜了。

如章太炎就说：“五朝所以不竞，由任世贵，又以言貌举人，不在玄学。”(《五朝学》) 刘师培也说：“以高隐为贵，则躁进之风衰；以相忘为高，则猜忌之心泯；以清言相尚，则尘俗之念不生；以游览歌咏相矜，则贪残之风自革。故托身虽鄙，立志则高。被以一言，则魏晋六朝之学，不域于卑近者也，魏晋六朝之臣，不染于污时者也。”(《论古今学风变迁与政俗之关系》) 似乎年代越是久远，彼时之痛痒越与己身无关，便越是能看出魏晋清谈的种种好处来。

1934 年，容肇祖《魏晋的自然主义》一书出版，开篇第一节标题便是“何晏、王弼的冤狱”，在系统梳理何、王、阮、嵇、向、郭等魏晋清谈家的思想后，坚称何、王之思想“实为魏晋间的第一流”，以现代眼光肯定了魏晋清谈的学术思想史价值。而“自然主义”一词尤令人耳目一新，似乎将与名教相对的自然重新赋能，获得了与西方和现代直接对话的可能性。

1945 年，陈寅恪的《陶渊明之思想与清谈之关系》一文发表，文中以陶渊明之思想不似阮籍、刘伶辈之佯狂任诞，亦不须如主旧自然说者之积极抵触名教，可以视为一种“新自然说”；又说渊明之为人实“外儒而内道”，就其旧义革新、孤明先发而论，“实为吾国中古时代之大思想家，岂仅文学品节居古今之第一流，为世所共知者而已哉！”陈氏此文虽不无破绽（朱光潜《陶渊明》一文多有驳论，可参看），却颇具学术价值，对名教、自然之关系辨析尤明，尤其以陶渊明这一古今公认的大诗人为自然张目，也等于为魏晋清谈作了有理有据的学术辩护。

总之，“清谈误国”论一度十分流行，自有其历史和逻辑的内在理路，在儒家名教理念和家国情怀的统摄下，如果让“居官无官官之事，处事无事事之心”（《晋书·刘惔传》），终日谈空说无、不切实际的清谈派占据政治中枢，的确容易带来灾难性后果，王衍就是好例。但话又说回来，清谈作为一种学术思潮和文化现象，又确实代表了中国哲学演进和突破的一个重要阶段，它不仅推动了中国古代文化由重道德、重伦理、重政治向重思辨、重逻辑、重审美的方向发展，而且，由清谈之风催生出的一种清谈精神和玄学人格，也成为中国士人精神史和心灵史上一道赏心悦目的风景。别的不说，如果没有玄学思潮与清谈风气，魏晋风度和名士风流恐怕就会成为无源之水、无本之木。

更为关键的问题是，以为清谈导致亡国甚至亡天下，不仅过分高估了清谈的破坏力，而且也容易避重就轻，转移焦点，以至于如统治集团的奢侈腐化、门阀政治的任人唯亲、国家决策的重大失误，等等这些更为重要的原因，反而被有意无意地遮蔽和忽略了。

四 “魏晋风度”的魅力舞台

1927年夏，在国民党政府广州市教育局主办的“广州夏期学术演讲会”上，时年四十六岁的鲁迅作了一场现在看来十分重要的演讲，题为《魏晋风度及文章与药及酒之关系》。在这篇著名的演讲中，鲁迅谈到了三个方面：一是魏晋文章及其特点，概括下来就是清峻、通脱、华丽、壮大；二是以“正始名士”何晏为祖师的服药之风；三是以“竹林名士”为代表的饮酒之风。尽管除了题目，正文中并未对“魏晋风度”作过具体阐释，但鲁迅的意思当是，魏晋文章及名士们扇起的服药与饮酒两大风气，是魏晋风度最为重要的表现及标志。

此后，“魏晋风度”便成为一大文化关键词，以之为题作文章者代有其人，络绎不绝，而且几乎无一例外，大家都要重点参考和大量征引《世说新语》。一本看似琐碎饾饤的小说书，竟成了一个时代的最佳代言，并为后人搭建了一座展示名士风骨、风度和风流的无与伦比的魅力舞台——这在整个人类文化史上，恐怕也是不可多得的小概率事件。

那么，究竟什么是魏晋风度呢？

我以为，所谓魏晋风度，是指汉末魏晋时期形成的一种时代精神和人格理想，具体说就是在道家学说和玄学清谈思潮影响下产生的，一种追求自然（与名教相对）、追求自我（与外物相对）、追求自由（与约束相对）的时代风气，以及由此在上层贵族阶层中形成的，一种超越性的人生价值观和审美性的人格风神与气度。

这种对"自然""自我""自由"的追求，以及"超越性的人生价值观和审美性的人格风神与气度"，至今仍具有参考价值和现实意义。

前面谈过的清议与清谈，本就是魏晋风度的重要组成部分。除此之外，诸如容止、服药、饮酒、任诞、品鉴、雅量、隐逸、艺术、汰侈、嘲戏等风气，也是魏晋风度的题中应有之义。这里，我们无法面面俱到，姑且择取几个有趣的面向稍作介绍。

1. 容止之风

容止，也即容仪举止。古书中常有“容止可观”之语，如《左传·襄公三十一年》：“周旋可则，容止可观。”又《孝经·圣治章》：“容止可观，进退可度。”称赞某人有容貌风度，也常说“美容止”或“善容止”。《礼记·月令》有“雷将发声，有不戒其容止者，生子不备，必有凶灾”的告诫，汉儒郑玄注称：“容止，犹动静。”由此可知，传统的容止观念含有礼仪方面“动静合宜”的要求，似乎更偏重在“止”上。

到了魏晋，随着人物品藻逐渐由重德行向重才性发展，人物天生的禀赋如容貌、音声、风神、气度、才情等更受重视，容止的要求则更偏重在“容”上了——这与“越名教而任自然”的玄学思潮是合拍的。《论语·子罕》中孔子曾感叹：“吾未见好德如好色者也。”“好德”之于名教，“好色”之于自然，两相呼应，其事正对。

毫不夸张地说，魏晋就是一个“好色”胜过“好德”的时代；尤其是，魏晋还是一个对男性美的欣赏超过女性美的时代。我们从《世说新语》的《容止》一门，便可窥见此中消息。古代女子有所谓"四德"（德、言、容、功），"妇容"不可或缺，而《容止》门三十九条故事竟无一条与女性有关。

先看第1条：

14.1 魏武（曹操）将见匈奴使，自以形陋，不足雄远国，使崔季珪（琰）代，帝自捉刀立床头。既毕，令间谍问曰："魏王何如？"匈奴使答曰："魏王雅望非常；然床头捉刀人，此乃英雄也！"魏武闻之，追杀此使。（床头捉刀）

这个故事很有意思，从中可以看出当时"美容止"的风尚多么盛行，竟让不可一世的曹操都"自以形陋"。有趣的是，匈奴来使却不以为然，他一眼看出崔琰假扮的魏王徒有其表，而"床头捉刀人"才是真正的英雄。这里面既有汉胡文化上的落差，也有个人认知上的错位。换言之，曹操所艳羡的名士风流恰恰"不足雄远国"，而他的"形陋"之下那股按捺不住的"英雄本色"，才是震慑匈奴来使的关键。这个故事放在《容

明人拟想的曹操像

止》开篇第1条，大概也是为了提醒读者注意：对容止的欣赏，不能只停留在外观上，更须落实在人物内在的精神气质和生命热力上，此即所谓“形神并茂”。

再看第2条：

14.2　何平叔（晏）美姿仪，面至白。魏明帝（曹叡）疑其傅粉，正夏月，与热汤饼。既啖，大汗出，以朱衣自拭，色转皎然。（傅粉何郎）

这个“傅粉何郎”的故事与上面的“床头捉刀”，正好构成了阴与阳、柔与刚、名士与英雄的对应关系。何晏的“美姿仪，面至白”，令魏明帝曹叡既羡且妒，怀疑他傅了粉，于是给他吃热汤面以试探之。何晏吃完后，大汗淋漓，就用“朱衣自拭”，没想到，面色变得更加皎洁明亮了。

对于此事的真实性，刘孝标颇有怀疑，在注引《魏略》“晏性自喜，动静粉帛不去手，行步顾影”的记载后说：“按此言，则晏之妖丽本资外饰。且晏养自宫中，与帝相长，岂复疑其形姿，待验而明也？”刘孝标的怀疑不无道理，但毫不影响我们读此条故事的新奇和愉悦。我们发现，“清谈祖师”何晏在魏晋盛行的这股容止之风中，同样也是开风气的人物。他的“面至白”，也几乎成了魏晋美男的颜值“标配”：

14.3　魏明帝使后弟毛曾与夏侯玄共坐，时人谓“蒹葭倚玉树”。（蒹葭玉树）

14.4　时人目夏侯太初（玄）“朗朗如日月之入怀”，李安国“颓唐如玉山之将崩”。（日月入怀）

14.5　嵇康身长七尺八寸，风姿特秀。见者叹曰："萧萧肃肃，爽朗清举。"或云："肃肃如松下风，高而徐引。"山公（涛）曰："嵇叔夜之为人也，岩岩若孤松之独立；其醉也，傀俄若玉山之将崩。"（孤松玉山）

14.8　王夷甫（衍）容貌整丽，妙于谈玄，恒捉玉柄麈尾，与手都无分别。（玉柄麈尾）

14.12　裴令公（楷）有俊容仪，脱冠冕，粗服乱头皆好，时人以为"玉人"。见者曰："见裴叔则，如玉山上行，光映照人。"（玉山上行）

14.15　有人诣王太尉（衍），遇安丰（王戎）、大将军（王敦）、丞相（王导）在坐。往别屋，见季胤（王诩）、平子（王澄）。还，语人曰："今日之行，触目见琳琅珠玉。"（琳琅珠玉）

以上数条，几乎都有一个"玉"字。"玉人""珠玉"，乃突出其白；"玉树""玉山"，则暗示其高。白而且高，才会有"玉树临风"的风姿，才会有"玉山倾倒"的气势。史载晋武帝司马炎为他的傻儿子司马衷选太子妃时，说过"美而长白"

南朝画像砖中“风姿特秀”的嵇康形象

(《晋书·惠贾皇后传》)的四字评语，可以作为此一审美标准的一个旁证。

如果说，白和高关乎外在之形，那内在之神靠什么显示呢？

首先是眼睛。三国时蒋济写过一篇《眸子论》，认为“观其眸子，足以知人”(《三国志·钟会传》)。眼睛是心灵的窗户，心明才能眼亮，而眼亮，是一个人内在精神和生命活力的体现。《世说新语》中就颇有几个“电眼”美男：

14.6　裴令公（楷）目王安丰：“眼烂烂如岩下电。”（眼如岩电）

14.10　裴令公有俊容姿，一旦有疾，至困，惠帝（司马衷）使王夷甫往看。裴方向壁卧，闻王使至，强回视之。王出，语人曰：“双眸闪闪若岩下电，精神挺动，体中故小恶。”（双眸闪闪）

14.26　王右军见杜弘治（乂），叹曰：“面如凝脂，眼如点漆，此神仙中人。”时人有称王长史（濛）形者，蔡公（谟）曰：“恨诸人不见杜弘治耳！”（神仙中人）

东晋名僧支遁容貌丑异，但其“双眼黯黯明黑”(《容止》第37条)，精光四射，故在当时的人物品藻中深受推重，可见拥有一双黑白分明的眼睛多么重要。

其次就是“神情”。西晋初年，最有名的美男莫过于潘岳，他和另一位美男夏侯湛“并有美容，喜同行，时人谓之连璧”(《容止》第9条)。下面这个故事可见潘岳受欢迎的程度：

14.7　潘岳妙有姿容，好神情。少时挟弹出洛阳道，妇人遇者，莫不连手共萦之。左太冲（思）绝丑，亦复效岳游遨，于是群妪齐共乱唾之，委顿而返。(妙有姿容)

潘岳不仅貌美，且有“好神情”，这是他受到女性追捧的重要原因；相比之下，容貌绝丑的左思东施效颦，不受人待见也怪不得谁。故事虽然有些夸张，但其中所传达的晋人对美的狂热追求却是真实可信的。

再次，美好的形貌还必须和相应的才情相得益彰，才会文质兼美。例如：

14.25　王敬豫（恬）有美形，问讯王公（导）。王公抚其肩曰："阿奴，恨才不称！"（恨才不称）

王导的儿子王恬"有美形"，而"才不称"，这让王导颇觉遗憾。可见，对形貌美的追求是与对内在精神气质和才情风度的欣赏互为表里的。

对人物容仪的欣赏在美学上必然带来一个结果，就是人的对象化和客体化；再往前一步，就是人的自然化。由于形、神之间，神是不可捉摸的抽象物，故在方法论上不得不诉诸形象生动的譬喻：

14.30　时人目王右军"飘如游云，矫若惊龙"。（游云惊龙）

14.39　有人叹王恭形茂者，云："濯濯如春月柳。"（濯濯春柳）

这种人的自然化对文学、艺术的赏鉴和审美影响深远。宗白华就曾指出："中国美学竟是出发于'人物品藻'之美学。美的概念、范畴、形容词，发源于人格美的评赏。"（《论〈世说新语〉和晋人的美》）打开《赏誉》，类似的例子俯拾皆是。如第

（宋）马远《王羲之玩鹅图》（局部）

16条王戎称道王衍："太尉神姿高彻，如瑶林琼树，自然是风尘外物。"类似的表述即使放在《容止》门中，亦无不可。

在魏晋众多的美男故事中，给人印象最深的莫过于"看杀卫玠"：

14.19　卫玠从豫章至下都，人久闻其名，观者如堵墙。玠先有羸疾，体不堪劳，遂成病而死，时人谓"看杀卫玠"。（看杀卫玠）

这个故事堪称"史上最美死亡事件"。前引《文学》第20条载："卫玠始度江，见王大将军。因夜坐，大将军命谢幼舆。玠见谢，甚说之，都不复顾王，遂达旦微言，王永夕不得豫。玠体素羸，恒为母所禁。尔夕忽极，于此病笃，遂不起。"据此可知，卫玠的真正杀手首先是困扰多年的"羸疾"，其次是渡江之后的"达旦微言"，然后才是下都（今江苏南京）士女的"狂热围观"。然而，时人不说"谈杀"，"病杀"，偏偏说他是被"看杀"，这种类似"标题党"般的话术操作究竟该如何理解呢？

我以为，这个故事的营造恰恰迎合了时代的审美需要：一个人因为美貌竟会被“看杀”，这种极端化的叙事本身也是极端化的抒情，似乎不如此便不足以描述这一时代发现美、欣赏美、创造美的狂热氛围。而这一切，又正好配合着那个颠沛流离的时代战乱和死亡如影随形的阴郁背景，就像废墟中开出的一朵鲜花，光彩夺目，尽态极妍，充满了凄婉浪漫的审美意蕴和感伤情调。

可以说，这个也许纯属虚构的死亡事件一经产生，反而比任何真实的故事更能凸显那个时代人们的心灵细节和审美真相。

2. 服药之风

魏晋还有一种颇为另类而奇特的风气在贵族阶层中流行，甚至波及隋唐，那就是服药之风。无巧不巧，这种风气的始作俑者也是何晏。鲁迅在《魏晋风度及文章与药及酒之关系》（下引同此，不另注明）的演讲中，说何晏既是“空谈的祖师”，又是“吃药的祖师”，一点都不夸张。

服的是什么药呢？——“五石散”。据唐代孙思邈《千金翼方》记载，五石散主要由紫石英、白石英、赤石脂、钟乳石、硫磺等五种矿石配制而成，又名五石更生散或五石护命散。所谓“五石”，是言其配方；别称“寒食散”，则是言其服用方法。孙思邈说：“凡是五石散，先名寒食散，言此散宜寒食，冷水洗取寒，唯酒欲清，热饮之，不尔即百病生焉。服寒食散，但冷将息，即是解药热。”《医心方》引许孝崇则说：“凡诸食草石药，皆有热性，发动则令人热，便冷饮食，冷将息，故称寒食散。”

可知五石散这种药，热力极大，故须冷服。服用后五内如焚，毒火攻心，热力开始发散，叫做“散发”。“散发”后须多吃冷饭以散热降温，还要外出散步或运动，称为“散动”或“行散”。“行散”也叫“行药”。晋人皇甫谧《寒食散论》说：“服药后宜烦劳。若羸着床，不能行者，扶起行之，亦谓之行药。”可见吃完药人不能静坐不动，必须让身体“烦劳”。除了吃冷食、行散，“冷将息”（调养）之道还包括洗冷水澡、喝热酒等。如果“将息”不当，后果是很可怕的，轻者致残，重者丧命。如西晋名士裴秀就是因为服寒食散，当饮热酒而饮冷酒，竟至一命呜呼。《世说新语·任诞》中有一个故事：

23.50　桓南郡（玄）被召作太子洗马，船泊荻渚。王大（忱）服散后，已小醉，往看桓。桓为设酒，不能冷饮，频语左右："令温酒来！"桓乃流涕呜咽，王便欲去。桓以手巾掩泪，因谓王曰："犯我家讳，何预卿事！"王叹曰："灵宝（桓玄小字）故自达。"（何预卿事）

晋人颇重孝道，故有尊严家讳之风。桓玄是东晋大司马桓温的儿子，因为王忱的"令温酒来"一语，犯了其去世多年的父亲桓温的名讳，他一时伤心，竟哭起鼻子来。王忱十分尴尬，想趁机开溜，桓玄却说："我因犯了家讳而哭，与你老兄何干呢！"这个故事本是为了突显桓玄的旷达，但也可借以窥知，服药之后"不能冷饮"，须喝温酒，几乎是王忱这样的"瘾君子"必须铭记且严格遵守的"服药指南"，否则后果不堪设想。

大家可能会问：既然五石散有剧毒，吃起来又这么麻烦，为什么还会流行开来，成为一种风气呢？说起来，还与何晏的推波助澜有关。《世说新语·言语》载：

14.14　何平叔云："服五石散，非唯治病，亦觉神明开朗。"（神明开朗）

用现在的眼光看，何晏等于为五石散做了一次"形象代言"，从而极大地刺激了上流社会贵族名士对此药的消费欲望。此条刘孝标注引秦丞祖《寒食散论》说："寒食散之方虽出汉代，而用之者寡，靡有传焉。魏尚书何晏首获神效，由是大行于世，服者相寻也。"据说，此药是东汉医学家张仲景所发明，最早叫做"五石汤"，主要用于风疾和伤寒症的治疗。但何晏的"首获神效"，似乎与这两种流行病无关，那他所谓的"治病"，到底是指什么呢？

此条刘注引《魏略》称何晏"尚主，又好色"，说他娶了曹操的女儿金乡公主，因为纵情声色，以致引起公主的不满。《三国志·桓范传》裴松之注引《魏末传》说："公主贤，谓其母沛王太妃曰：'晏为恶日甚，将何保身？'母笑曰：'汝得无妒晏邪！'"又，皇甫谧《寒食散论》说："寒食药者……近世尚书何晏，耽声好色，始服此药。心加开朗，体力转强。京师翕然，传以相授……晏死之后，服者弥繁，于时不辍。”孙思邈《备急千金要方》也说：“有贪饵五石，以求房中之乐。”看来，何晏服用五石散，与其“耽声好色”大有关系。

余嘉锡《寒食散考》说：“夫因病服药，人之常情，士安（皇甫谧）谓之耽情声色，何也？盖晏非有他病，正坐酒色过度耳。故晏所服之五石更生散，医家以治五劳七伤。劳伤之病，虽不尽关于酒色，而酒色可以致劳伤。观张仲景所举七伤中有房室伤，可以见矣。”所以，何晏所谓“治病”，应该是指“酒色过度”导致的“房室伤”吧。那么，五石散的所谓神效，应该就是指滋阴壮阳的功能了。苏轼《东坡志林》卷五说：“世有食钟乳、乌喙而纵酒色，所以求长年者，盖始于何晏。晏少而富贵，故服寒食散以济其欲，无足怪者。”考虑到五石散的毒副作用，这里的“纵酒色，所以求长年”，怕完全是痴人说梦，因为服食此药者没几个长寿的，导致疯癫、偏瘫甚至暴卒的倒是大有人在。难怪孙思邈要说：“五石散大猛毒。宁食野葛，不服五石。遇此方即须焚之，勿为含生之害。”《古诗十九首》有“服食求神仙，多为药所误”的名句，亦可引为佐证。

何晏的“非唯治病”，大概已如上述，那他的“亦觉神明开朗”，又该怎么理解呢？我以为，应该是说服药之后的两大“功效”：

一是容光焕发，风神美好。何晏的“美姿仪，面至白”，应该就与服药有关。前引余嘉锡文接着说：“晏虽自觉神明开朗，然药性酷热，服者辄发背解体，晏亦幸而仅免耳。管辂曰：‘何之视候，魂不守宅，血不华色，精爽烟浮，容若槁木，谓之鬼幽，鬼幽者为火所烧。’据其所言，晏之形状，乃与今之吸毒药者等，岂非精华竭于内，故憔悴形于外欤？”何晏的“面至白”，或许是长期服药导致的严重贫血症状，亦未可知。但无论如何，在那样一个“好色”和“看脸”的时代，一种药既能济“好色”之欲，又能使人容颜美白，且有名人现身说法，为之大做广告，那它的“大行于世，服者相寻”，也就毫不奇怪了。

二是精神舒畅，“心加开朗”。五石散这种药，有人视作古代的毒品，服食后五内如焚，从生理影响到心理，或许会有某种飘飘然的幻觉作用。且看东晋名士王恭的两个故事：

4.101　王孝伯（恭）在京，行散至其弟王睹（爽）户前，问：“古诗中何句为最？”睹思未答。孝伯咏：“‘所遇无故物，焉得不速老？’此句为佳。”（王恭论诗）

8.153　王恭始与王建武（忱）甚有情，后遇袁悦之间，遂至疑隙。然每至兴会，故有相思时。恭尝行散至京口射堂，于时清露晨流，新桐初引，恭目之曰：“王大故自濯濯。”（王大濯濯）

这两个故事中，美男子王恭服药之后，出门“行散”。一次是和弟弟王爽谈论古诗“何句为最”，话题甚高雅，并由此引发了对人生苦短、时光无情的形上思考。一次是“行散”中因为心情舒畅，看到“清露晨流，新桐初引”，不禁想起了王大（王忱小字），竟说了一句触景生情的话：“王大故自濯濯。”“濯濯”，语本《诗经》，意为光明的样子。前面讲过，王恭因为貌美，曾被时人誉为“濯濯如春月柳”，可此时此刻，他却把这个美誉转赠给王大了。要知道，此时王恭与这位族叔王大因人离间，早已反目成仇，结成冤家，但在这么一个特殊的时刻，却不由得忘却恩怨，竟对王大的风姿大加称赞。对人间情谊和美好风度的向往，取代了世俗的是非嫌隙，这就是晋人所追求一种超越性和审美性的人生境界，所谓“神超形越”，或者“越名教而任自然”，应该就是如此。

这两件事发生在同一人身上，足证何晏“神明开朗”之说所言不虚。五石散不过是一剂口服的药，却如此深刻地影响到了人的精、气、神，现在想来，的确有些不可思议。

不仅如此，按照鲁迅的说法，魏晋人在服饰穿着上的风格，以及由此形成的一种别样的风度，也与服药的风气有关。比如，晋人喜欢穿宽大舒适的衣服，所谓“宽衣博带”，就是一例。鲁迅说：“因为皮肉发烧之故，不能穿窄衣。为豫防皮肤被衣服擦伤，就非穿宽大的衣服不可。现在有许多人以为晋人轻裘缓带，宽衣，在当时是人们高逸的表现，其实不知他们是吃药的缘故。一班名人都吃药，穿的衣都宽大，于是不吃药的也跟着名人，把衣服宽大起来了！”这方面，东晋名士顾和的“搏虱如故”（《雅量》第22条），车骑将军桓冲的“不好着新衣”（《贤媛》第24条），皆可为好例。

还有，魏晋名士爱穿高高的木屐，也和服药有关。鲁迅甚至不无同情地说：“吃药之后，因皮肤易于磨破，穿鞋也不方便，故不穿鞋袜而穿屐。所以我们看晋人的画像或那时的文章，见他衣服宽大，不鞋而屐，以为他一定是很舒服，很飘逸的了，其实他心里都是很苦的。”

宋摹（晋）顾恺之《洛神赋图》（局部）

从皇族到侍从，“宽衣博带”均是一时穿衣风尚。

鲁迅对于服药之风的阐发，的确颇有特色，不过，要说“衣服宽大，不鞋而屐”都与服药有关，怕也未必尽合事实。如《简傲》第15条记：“王子敬兄弟见郗公，蹑履问讯，甚修外生（甥）礼。及嘉宾死，皆着高屐，仪容轻慢。”可知晋人好着高屐，未尝没有精神上不喜拘束，甚至以此自高的因素，并非全是服药的缘故。

至于魏晋名士性情上忿狷易怒，个性鲜明，如王羲之、王述，以及居丧期间不遵礼节，狂饮大嚼，如阮籍、谢尚，按鲁迅的说法，也是和吃药有关的。限于篇幅，这里就不展开了。

3. 饮酒之风

说到魏晋风度，当然离不开酒。有意味的是，药与酒，虽都是诉诸口腹之欲的身外之物，最终却极大地影响了一个时代的精神状况。一方面，这当然与魏晋特殊的政治社会生态有关；另一方面，也可视为思想领域中诸如“形神”“内外”“情礼”“名教自然”等的紧张关系在士人心态和行为方式上的折射和投影。

和五石散不同，酒的发明极早，可以追溯到远古。最初的酒，除了用于日常生活和社交场合，更重要的功能还在祭祀成礼。酒的麻醉作用和享乐性质，容易使人沉湎其中而失去节制，故按照儒家礼乐须中节合度的要求，对饮酒不得不作一些必要的限制。如《尚书·酒诰》中就有“饮惟祀，德将无醉”

的告诫。《左传·庄公二十二年》也说：“酒以成礼，不继以淫，义也。”又，《礼记·乐记》：“壹献之礼，宾主百拜，终日饮酒而不得醉焉，此先王之所以备酒祸也。”言下之意，酒是用来成礼的工具，不可过分贪杯，即使在举行献祭典礼时，宾主都须饮酒行礼，也要有所节制，终日饮酒而能不醉是最好的，以免因酒生乱，甚至导致灾祸。这方面，孔子堪为榜样，他说自己能够做到“不为酒困”，“惟酒无量，不及乱”，应该不是夸口。

不过，酒的存在几乎是个悖论，“成礼”也好，“不及乱”也好，这些说法其实正暗示着，“非礼”或“及乱”才是饮酒的一种常态。对于真正的饮酒者来说，饮酒而不求一醉，或者醉过一次后就不许再醉，这不仅是强人所难的问题，更是一种精神上的折磨——否则就不会有“一醉方休”“不醉不归”之类的豪言了。尤其在礼坏乐崩、天下大乱、生灵涂炭、朝不保夕的多事之秋，现实的忧患增多，生命的痛苦加剧，酒的功能自然会更贴近肉体的麻醉和精神的宣泄。所以在魏晋时期，酒的“成礼”功能遂逐渐淡去，转而成为“解忧”的良药了。曹操的《短歌行》开篇即道：

对酒当歌，人生几何？譬如朝露，去日苦多。慨当以慷，忧思难忘。何以解忧，唯有杜康！

其实，曹操说“何以解忧，唯有杜康”是有其理据的。成书于南朝的《殷芸小说》记汉武帝与东方朔的故事，就有“凡忧者得酒而解，以酒灌之当消”的说法。反对曹操禁酒令的孔融有句名言：“坐上客恒满，樽中酒不空，吾无忧矣。”东晋名士王忱也说：“阮籍胸中垒块，故须酒浇之。”（《任诞》第51条）可知在私人领域，“酒以解忧”的功能远比“酒以成礼”更为深入人心。别的不说，“忧从中来，不可断绝”时来个酩酊大醉，至少可以暂时忘掉眼前的烦恼吧。陶渊明《游斜川》诗云：“中觞纵遥情，忘彼千载忧。且极今朝乐，明日非所求。”说的也是此意。

翻开《世说新语》，似乎可以嗅到隐隐弥漫着的一股酒香。我做过统计，“酒”字在《世说新语》（不含刘注）中共出现103次，差不多每十条就有一次。其中《任诞》一门就有43次，占了将近一半；而《任诞》共五十四条，与饮酒有关的就有二十九条，超过半数还多。这个数据很能说明酒在魏晋名士生活甚至生命中所占的分量。前面提到的那位美男子王恭就有一句名言："名士不必须奇才，但使常得无事，痛饮酒，熟读《离骚》，便可称名士！"（《任诞》第53条）我们知道，王恭也是服药的，但他似乎认为，在药与酒之间，酒是更为醒目的名士身份标识。

这里趁便想说的是，《世说新语》每一门类的第1条，对于门类旨归实有开宗明义的提挈作用，阅读时不妨稍加留意。比如《任诞》门第1条：

23.1 陈留阮籍、谯国嵇康、河内山涛，三人年皆相比，康年少亚之。预此契者，沛国刘伶、陈留阮咸、河内向秀、琅邪王戎。七人常集于竹林之下，肆意酣畅，故世谓"竹林七贤"。（竹林七贤）

这里，"竹林七贤"的集体亮相，颇有些"宣誓主权"的意味，至少在编者看来，任诞这种风气，这七人是当仁不让的标志性人物；而"肆意酣畅"四字，又把饮酒与任诞的关系揭示得再明白不过了。因纵酒而任诞，等于颠覆了"酒以成礼"

“竹林七贤与荣启期”南朝画像砖

的传统，走向了儒家礼教的反面，这不是“越名教而任自然”是什么呢？

魏晋的饮酒之风，阮籍要算是最重要的推动者。不过，阮籍的饮酒，给人的观感是紧张而又痛苦的。《晋书》本传称：“籍本有济世志，属魏晋之际，天下多故，名士少有全者，籍由是不与世事，遂酣饮为常。”可知阮籍的饮酒，除了解忧，更在避祸。当时，司马昭手下的鹰犬钟会曾“数以时事问之，欲因其可否而致之罪，皆以酣醉获免”。司马昭与阮籍同年，私交甚好，“文帝初欲为武帝求婚于籍，籍醉六十日，不得言而止”。靠着醉酒，阮籍走着政治的钢丝，在保全性命与保持节操之间谨慎权衡，小心翼翼：“终身履薄冰，谁知我心焦。”（阮籍《咏怀》三十三）在那样一个政治高压的病态社会，醉酒大概是勉强保持尊严的权宜之计，而阮籍从“至慎”到“佯狂”的行为突变，都在“遭母丧”之后彻底爆发出来，似乎也是经过缜密考量的：

23.2　阮籍遭母丧，在晋文王（司马昭）坐，进酒肉。司隶何曾亦在坐，曰：“明公方以孝治天下，而阮籍以重丧显于公坐饮酒食肉，宜流之海外，以正风教。”文王曰：“嗣宗毁顿如此，君不能共忧之，何谓？且有疾而饮酒食肉，固丧礼也！”籍饮啖不辍，神色自若。（饮啖不辍）

可能连阮籍也未必料到，他的纯属个人行为的“居丧无礼”，竟使饮酒的内涵大为拓展，酒的功能也由“成礼”“解忧”“避祸”，转而成为“越礼”“非礼”甚至“反礼教”的工具了。再看下面几则：

23.7　阮籍嫂尝还家，籍见与别。或讥之。籍曰：“礼岂为我辈设也？”（阮籍别嫂）

23.8　阮公邻家妇，有美色，当垆酤酒。阮与王安丰常从妇饮酒。阮醉，便眠其妇侧。夫始殊疑之，伺察，终无他意。（醉眠妇侧）

23.9　阮籍当葬母，蒸一肥豚，饮酒二斗，然后临诀，直言：“穷矣！”都得一号，因吐血，废顿良久。（阮籍葬母）

如果说“居丧无礼”还可以用“有疾而饮酒食肉，固丧礼也”来辩护，那么阮籍对“叔嫂不通问”“男女不杂坐”的礼制规定的非暴力式突破，就带有更为激烈的宣示意味。余英时认为魏晋时名教与自然之争表现为情礼冲突，最好的办法就是“缘情制礼”。但这里也有一个矛盾，因为按照儒家“缘人情而制礼”（《史记·礼书》）的思想，情与礼不仅不是对立的两极，甚至本来就是一体的。“圣人作，为礼以教人”，其初衷不过是“使人以有礼，知自别于禽兽”（《礼记·曲礼上》）。孔子的“人而不仁，如礼何？人而不仁，如乐何？”（《论语·八佾》）正是强调“礼之本”不在礼文仪节等外在形式，而在本心自具的内在之仁。东晋袁宏《夏侯玄赞》说："君亲自然，匪由名教。爱敬既同，情礼兼到。"可知所谓情礼冲突，其根源不在义理，而在政治。

说到"居丧无礼"，东汉的戴良堪为先驱，"及母卒，兄伯鸾居庐啜粥，非礼不行，良独食肉饮酒，哀至乃哭"。有人讥其非礼，他却说："礼所以制情佚也。情苟不佚，何礼之论！"(《后汉书·戴良传》)所以，阮籍也好，戴良也好，他们都没有否定礼在"区分人禽"上的价值，并认为自己是真正的"发乎情，止乎礼义"(即"情不佚")者。当阮籍喊出"礼岂为我辈设也"的宣言时，不仅是将"我辈"从礼的规制中解脱出来，更是对操控礼教之权柄的统治者表达出一种掩藏极深的轻蔑和抗议。对此，鲁迅显然是洞若观火，他说："例如嵇阮的罪名，一向说他们毁坏礼教。但据我个人的意见，这判断是错的。魏晋时代，崇尚礼教的看来似乎很不错，而实在是毁坏礼教，不信礼教的。表面上毁坏礼教者，实则倒是承认礼教，太相信礼教。"

和阮籍不同，刘伶和阮咸的纵酒故事更具喜剧色彩和"酒神精神"。先看刘伶：

23.3　刘伶病酒，渴甚，从妇求酒。妇捐酒毁器，涕泣谏曰：“君饮太过，非摄生之道，必宜断之！”伶曰：“甚善。我不能自禁，唯当祝鬼神自誓断之耳。便可具酒肉。”妇曰：“敬闻命。”供酒肉于神前，请伶祝誓。伶跪而祝曰：“天生刘伶，以酒为名。一饮一斛，五斗解酲。妇人之言，慎不可听！”便引酒进肉，隗然已醉矣。（刘伶病酒）

23.6　刘伶恒纵酒放达，或脱衣裸形在屋中。人见讥之，伶曰：“我以天地为栋宇，屋室为裈衣，诸君何为入我裈中！”（刘伶放达）

刘伶在“竹林七贤”中并非核心人物，但在《任诞》门中，上面两条故事则位列阮籍之后，其重要性不言而喻。刘伶的外形与精神反差极大，“身长六尺，貌甚丑悴，而悠悠忽忽，土木形骸”（《容止》第13条），这在崇尚容止之美的魏晋属于标准的“废柴”；但他偏偏“放情肆志，常以细宇宙、齐万物为心”（《晋书·刘伶传》），“自得一时，常以宇宙为狭”（《容止》第13条刘注引梁祚《魏国统》），似乎竟是一个精神上的“巨无霸”。在其唯一一篇传世名文《酒德颂》里，刘伶表达了自己的时空观和宇宙观：

有大人先生，以天地为一朝，万期为须臾，日月为扃牖，八荒为庭衢。行无辙迹，居无室庐，幕天席地，纵意所如。止则操卮执觚，动则挈榼提壶，唯酒是务，焉知其余？

这位“大人先生”，正是刘伶的自画像，“居无室庐，幕天席地”，不就是“以天地为栋宇，屋室为裈衣”的翻版吗？其

（唐）孙位《高逸图》中的刘伶

孙位曾为“竹林七贤”全体摹像，后仅余山涛、王戎、刘伶、阮籍四位，是为《高逸图》。此图中刘伶手握酒器，旁侍小童手执唾壶一类的器具。

实，庄子早已说过“吾以天地为棺椁，以日月为连璧，星辰为珠玑，万物为赍送”（《庄子·列御寇》）的临终遗嘱，刘伶的宇宙观不过是庄子的“异代同调”罢了。

同为老庄的信徒，如果说阮籍的饮酒突显了情礼冲突，刘伶的饮酒则丰富了形神关系。《庄子·达生》中有醉酒者坠车“虽疾不死……其神全也”的说法，刘伶则在“小大之辩”的意义上赋予醉酒更深刻的哲理内涵，形体上的“小我”与精神上的“大我”，原本是可以通过醉酒来合二为一的。嵇康在《养生论》中说：“形恃神以立，神须形以存……呼吸吐纳，服食养身，使形神相亲，表里俱济。”东晋名士王忱则借题发挥，说：“三日不饮酒，觉形神不复相亲。”（《任诞》第52条）还有王蕴的“酒正使人人自远”（《任诞》第35条），以及王荟所谓“酒正自引人著胜地”（《任诞》第48条），这些别有殊趣的隽永格言，大都是在“神超形越”的意义上肯定了酒的魔力与妙用。

尽管在身心和形神的最终和解上，刘伶尚且达不到陶渊明“何以称我情？浊酒且自陶”的恬淡与洒落，但毕竟有其“自得一时”的高峰体验，他的“天生刘伶，以酒为名”，与东晋名士张翰的“使我有身后名，不如即时一杯酒”（《任诞》第20条），毕卓的“一手持蟹螯，一手持酒杯，拍浮酒池中，便足了一生”（《任诞》第21条），前后呼应，山呼海啸，共同奏出了中国酒文化的最强音。《文学》第69条刘注引《名士传》载：“（伶）肆意放荡，以宇宙为狭。常乘鹿车，携一壶酒，使人荷锸随之，云：‘死便掘地以埋。’土木形骸，遨游一世。”这里隐然也有庄子“大块载我以形，劳我以生，佚我以老，息我以死”（《庄子·大宗师》）的浑沌思维与豁达意趣。既然在酒的世界里，形神可以如此相亲，那么，生与死的界限又在哪里呢？

作为“竹林七贤”的小字辈，阮咸的表现也足够惊世骇俗：

23.12　诸阮皆能饮酒，仲容（阮咸）至宗人间共集，不复用常杯斟酌，以大瓮盛酒，围坐，相向大酌。时有群猪来饮，直接去上，便共饮之。（人猪共饮）

这场“人猪共饮”的闹剧是以阮咸为主导的，正是这种庄子式的物我齐一，宠辱偕忘，使自然的追求彻底突破了名教的羁绊，陷入了一种“虚无的狂欢”。在阮咸这里，似乎已经实现了《庄子》所谓“天地与我并生，而万物与我为一”(《齐物论》)，以及“同与禽兽居，族与万物并”(《马蹄》)的“齐物”境界，他的放浪形骸，给人以极强烈的视觉刺激和心灵冲击。

不过，阮咸似乎代表了一个临界点，这样的纵情享乐再往前一步，便是“物至而人化物”的深渊。前引《德行》门“名教乐地”条刘注引王隐《晋书》称：

魏末阮籍，嗜酒荒放，露头散发，裸袒箕踞。其后贵游子弟阮瞻、王澄、谢鲲、胡毋辅之之徒，皆祖述于籍，谓得大道之本。故去巾帻，脱衣服，露丑恶，同禽兽。甚者名之为通，次者名之为达也。

以赤身裸体为“通达”，则礼之所以为礼的初衷（如《礼记》所谓“知自别于禽兽”）也就被取消了。这些中朝放达名士，显然不是阮籍“礼岂为我辈设也”的“我辈”，毋宁说，礼恰恰应该是为“彼辈”而设的。正因如此，阮籍的儿子阮浑想要

“入伙”，却被他拒绝了：

23.13 阮浑长成，风气韵度似父，亦欲作达。步兵曰：“仲容已预之，卿不得复尔。”（不得复尔）

本条刘注引戴逵《竹林七贤论》说：“籍之抑浑，盖以浑未识己之所以为达也。……谓彼非玄心，徒利其纵恣而已。”

南朝画像砖中的阮咸

阮咸是阮籍的侄子，喜饮酒，“妙解音律”，图中所弹为其创制的乐器，故名“阮咸”，简称“阮”，弹时如同“明月入怀”。

不知“所以为达”的“作达”，怕早已失掉“自然”的天真本义，反而是比名教更不“自然”的“作伪”了。阮籍说“仲容已预之，卿不得复尔”，等于是以阮咸为例，给后生小子画出一道“过犹不及”的界限。《晋书》本传称阮咸“群从昆弟莫不以放达为行，籍弗之许”，可为佐证。别看阮籍整日醉酒，他骨子里怕是“众人皆醉我独醒”的。对此，东晋名士戴逵在《放达非道论》中有极精彩的论述：

古之人未始以彼害名教之体者何？达其旨故也。达其旨，故不惑其迹。若元康之人，可谓好遁迹而不求其本，故有捐本徇末之弊，舍实逐声之行，是犹美西施而学其颦眉，慕有道而折其巾角，所以为慕者，非其所以为美，徒贵貌似而已矣。夫紫之乱朱，以其似朱也。故乡原似中和，所以乱德；放者似达，所以乱道。然竹林之为放，有疾而为颦者也，元康之为放，无德而折巾者也，可无察乎！（《晋书·戴逵传》）

看来，“作达”而不能“达其旨”，其实就是“徒贵貌似”的东施效颦，不仅不是喝酒的真精神，恐怕也与真正的名士风度南辕北辙，邈若河汉了。

4. 任诞之风

所谓"任诞"，顾名思义，即任达放诞之意。

任诞与饮酒，如同一体之两面，很难截然分开。所以分别讲述，关键在于：饮酒本身并不必然导致任诞，二者没有因果关系；正如服药之后需要饮酒，但饮酒不必以服药为前提一样。此其一。

其二，由饮酒催生的任诞风气一旦形成，便可自行其是，即使不饮酒也不妨"作达"。说到底，魏晋名士们以不拘格套、放纵不羁自适、自得且自恃，原本也并不都是酒的作用，而更多的是与精神上追求自然、自我、自由的需要有关。

唯其如此，不以饮酒为诱因的任诞行为在观者看来，就难免带有某种行为艺术般的表演性，有时竟至流于骄矜和造作，给人以浮华不实的荒诞感。当然，也不排除"量变"之后会发生"质变"，有人就在这样一种"神超形越"的氛围中，脱略行迹，不拘格套，追求一种超然物外的特立独行，由此进入更高的精神境界，并赋予任诞以一种形而上的哲学意义和超功利的审美价值——在后人的眼光中，这样的任诞行为犹如光风霁月，让人徒生艳羡而又不可追攀。

观察任诞之风有一个特别的视角，那就是对待死亡的态度，尤其是丧祭之礼中人的行为方式。之前提到的阮籍“居丧无礼”就是著例。我们知道，儒家最重丧葬之礼，如孔子论孝就说：“生，事之以礼；死，葬之以礼，祭之以礼。”（《论语·为政》）曾子也说：“慎终追远，民德归厚矣。”（《论语·学而》）《仪礼》中讲述丧礼的就有四篇（《丧服礼》《士丧礼》《既夕礼》《士虞礼》），更不用说还有三年守孝的礼制规定。以今天的眼光看，儒家的礼制的确有繁文缛节的一面。所以，墨家也好，道家也好，都有反礼节葬的观点。甚至在主张“方生方死，方死方生”的庄子那里，妻子去世，他还要“箕踞鼓盆而歌”。大概在庄子看来，人的生死，如“春秋冬夏四时行也”（《庄子·至乐》），是一件再自然不过的事。生亦何喜？死又何哀？所以，如把“居丧无礼”作为“任诞”的一种，说庄子是任诞之祖恐怕也不为过。

事实上，《世说新语》中的任诞行为，绝不局限于《任诞》

一门，比如，《伤逝》门中的下面三则故事就完全可入《任诞》：

17.1　王仲宣（粲）好驴鸣。既葬，文帝（曹丕）临其丧，顾语同游曰：“王好驴鸣，可各作一声以送之。”赴客皆一作驴鸣。（驴鸣送葬）

17.3　孙子荆（楚）以有才，少所推服，唯雅敬王武子（济）。武子丧时，名士无不至者。子荆后来，临尸恸哭，宾客莫不垂涕。哭毕，向灵床曰：“卿常好我作驴鸣，今我为卿作。”体似真声，宾客皆笑。孙举头曰：“使君辈存，令此人死！”（孙楚驴鸣）

17.7　顾彦先（荣）平生好琴，及丧，家人常以琴置灵床上。张季鹰（翰）往哭之，不胜其恸，遂径上床，鼓琴作数曲，竟，抚琴曰：“顾彦先颇复赏此不？”因又大恸，遂不执孝子手而出。（鼓琴送葬）

这三个故事都发生在丧礼上，氛围皆不免哀伤，按照儒家丧礼的规定，吊唁者当临丧致哀，痛哭流涕，是为“哭丧”。不过，丧礼有一个特别之处，它虽然是缘人情而设，在行礼时也讲究对死者的情感投入，所谓“事死如事生，事亡如事存”(《中庸》)，但因为死者无从感知与互动，那些礼节说穿了就是活人做给活人看的——尽管哀伤大多出自真情，但各种仪式的亦步亦趋，具有不同程度的程式化和表演性也是不争的事实。尤其是，共同性的仪式对于个体性的死者来说，常常阴差阳错，痛痒无关。假定逝者地下有知，难道真会“感而遂通”并得到安慰吗？通常的情况恐怕是，丧礼的“普适”原则，对于那个曾经鲜活的生命来说，也许反倒是“不适”的。

细心的读者或已注意到，上述三个故事都有一个“好”(去声)字，无论是王粲和王济的“好驴鸣”，还是顾荣的“好琴”，都是生者把情感凝聚于死者，是生者投死者之所“好”——这才是真正的“事死如事生，事亡如事存”。因为说到底，生离死别时的真情流露本就极具感染力，而礼的仪节是否到位其实并不那么重要。这也正是为什么孔子答林放“礼之本”之问时，会说“礼，与其奢也，宁俭；丧，与其易也，宁戚”(《论语·八佾》)。反观那些在王济的丧礼上因听到孙楚作驴鸣而笑场的宾客，原本合礼的他们因为不能真投死者所“好”，反倒显得虚伪和无情了。换言之，任诞有时候看似纵情和任性，根本上却并不悖于礼的真义。

再看阮咸的两个任诞故事：

23.10　阮仲容步兵居道南，诸阮居道北。北阮皆富，南阮贫。七月七日，北阮盛晒衣，皆纱罗锦绮。仲容以竿挂大布犊鼻裈于中庭。人或怪之，答曰："未能免俗，聊复尔耳。"（未能免俗）

23.15　阮仲容先幸姑家鲜卑婢。及居母丧，姑当远移，初云当留婢，既发，定将去。仲容借客驴，着重服自追之，累骑而返，曰："人种不可失！"即遥集（阮孚）之母也。（重服追婢）

两个故事都没有提到酒，中庭晒裈也好，重服追婢也罢，都是阮咸在清醒状态下的理性行为，因而更具任诞的特质。"未能免俗"云云，看似自嘲，实是刺世，而且一刺到底——今天的炫富拜金，比之魏晋，实在是有过之而无不及。而"人种不可失"一句亦大有深意，"人种"既"不可失"，那什么是"可失"的呢？至少在阮咸那里，恐怕是宁可"失礼"，也绝不可"失人"的吧。如此冒天下之大不韪，阮咸自然为当时的清议所排诋，仕途大受影响，山涛多次举荐，称赞他“万物不能移”，但“武帝以咸耽酒浮虚，遂不用”（《晋书·阮咸传》）。其实，阮咸的行为看似放诞不羁，背后却牵系着时代之风会与思想之冲突，其来有自，颇耐寻味。后来东晋的郝隆七月七日于日中仰卧，自称“我晒书”（《排调》第31条），就显得诣谑有余而思力不足了。

当然，真正把任诞之风推向极致的，还要算是东晋名士王子猷。这位在《雅量》和《简傲》中给人印象不佳的公子哥儿，终于在《任诞》中如有神助般地凌空一跃，在人类心灵的探险中扶摇直上，登峰而造极：

23.46　王子猷（徽之）尝暂寄人空宅住，便令种竹。或问：“暂住，何烦尔？”王啸咏良久，直指竹曰：“何可一日无此君？”（借宅种竹）

在王子猷身上，最能体现晋人弥合分际、玄同彼我、超越一切的玄学人格。他对竹子的赏爱，不是对象化的，而是物我合一式的，“何可一日无此君”，正是长期与竹子厮守晤对，

“相看两不厌”的审美境界的写照。

后世文人无不爱竹，应该与王子猷不无关系。再看下面一则：

23.49　王子猷出都，尚在渚下。旧闻桓子野（伊）善吹笛，而不相识。遇桓于岸上过，王在船中，客有识之者云：“是桓子野。”王便令人与相闻，云：“闻君善吹笛，试为我一奏。”桓时已贵显，素闻王名，即便回下车，踞胡床，为作三调。弄毕，便上车去。客主不交一言。（不交一言）

桓子野不仅是淝水之战的功臣，更是当时一流的音乐家，《任诞》第42条记：“桓子野每闻清歌，辄唤‘奈何’！谢公闻之，曰：‘子野可谓一往有深情。’”成语“一往情深”便由此而来。面对王子猷无礼的邀请，“时已贵显”的桓子野不以为意，吹笛三弄之后，便扬长而去。“客主不交一言”，并不是简傲无礼，而是笛声悠扬，袅袅不绝，早胜过千言万语！不拘于礼，不滞于物，行于当行，止于当止，这是何等襟怀洒落、令人神往的审美人生！晋人的风流之美，浓缩于这些看似平淡的日常故事中，常常让拘囿于世俗矩矱之中的我们惊呼错愕，

（明）仇英《王子猷种竹图》

（明）周文靖《雪夜访戴图》

怅然若失。可以说，在王子猷和桓子野这里，任诞之风所展现的已经不是放诞之酷，而是超逸之美。

23.47　王子猷居山阴，夜大雪，眠觉，开室命酌酒，四望皎然。因起彷徨，咏左思《招隐诗》，忽忆戴安道（逵）。时戴在剡，即便夜乘小船就之。经宿方至，造门不前而返。人问其故，王曰："吾本乘兴而行，兴尽而返，何必见戴？"（雪夜访戴）

这是《世说新语》中最为动人的故事之一，"描述的正是灵魂在孤独中的自由飞翔"（骆玉明《世说新语精读》）。宗白华以为，这个故事"截然地寄兴趣于生活过程的本身价值而不拘泥于目的，显示了晋人唯美生活的典型"（《论〈世说新语〉和晋人的美》）。这固然不失为一种解读的角度，但如果再往深里看，此时的王子猷分明已从世俗的"有待"和"我执"中抽身出来，完成了一次史无前例的"逍遥游"，其灵魂深处所经历的，是一种摆落"意必固我"而"独与天地精神往来"的大自由——这是一种长期沐浴遨游于审美人生和艺术精神中才能获得的高峰体验。因为处于这种精神的峰极上，对于此时此刻的王子猷来说，不仅过程和结果都已不再重要，甚至连"吾本乘兴而行"的"兴"，也如列子"御风而行"的"风"一样，成了大可弃之如敝屣的牵累！

明人王世懋评点此条说："大是佳境。"凌濛初也说："读此每令人飘飘欲飞。"无不感受到了一种一往奔诣、无与伦比的"神超形越"之美。王子猷"造门不前而返"的那一刻，足可令古今多少英雄豪杰和文人墨客都相形见绌，黯然失色。至少在那一刻，王子猷达到了近乎"无待"的自由。当然，这一刻转瞬即逝，紧接着，凌空飞升的他便不得不收摄身心，拾级而下，乘舟而返，回到那亘古不变的庸常里去了。

尽管任诞的行为偶有极致之美的灵光乍现，终究还是飘瞥难留。王子猷的那一刻，如果再延长稍许时间，就会变成等而下之的"作达"和"造假"。甚至我怀疑，王子猷本没有这么高蹈飘逸，是这段七十七个字的精美故事，赋予了他传奇般的灵性和诗意。

好在，晋宋之际出了一个陶渊明。如陈寅恪所说，名教与自然终于在陶渊明那里得到了最终的和谐，因而我们看到了一个大雅大俗、返璞归真的达者形象。《宋书·隐逸传》载：

（颜延之）在寻阳，与潜情款……日日造潜。每往，必酣饮致醉，临去，留二万钱与潜；潜悉送酒家，稍就取酒。尝九月九日无酒，出宅边菊丛中坐久，值（王）弘送酒至，即便就酌，醉而后归。潜不解音声，而畜素琴一张，无弦，每有酒适，辄抚弄以寄其意。贵贱造之者，有酒辄设。潜若先醉，便语客："我醉欲眠，卿可去。"其真率如此。

（元）赵孟頫《陶渊明轶事图卷》之"我醉欲眠，卿可去"

陶渊明的这一份真率，应该就是魏晋任诞之风百川归海后的完美结晶。你看他在《饮酒二十首》的小序中所言：

余闲居寡欢，兼比夜已长，偶有名酒，无夕不饮，顾影独尽，忽焉复醉。既醉之后，辄题数句自娱，纸墨遂多。辞无诠次，聊命故人书之，以为欢笑尔。

酒助诗兴，诗以酒成，在陶渊明这里，诗与酒皆成“自娱”之具，且达到了前所未有的澄明浃洽之境。这样的诗酒人生，既不负“即时一杯酒”，又成就“生前身后名”，酒的烈性被诗的高雅归化，带给人的是与物无伤而又一往深情的真醇与静穆、闲适与欢乐。《庄子·天道》所谓“与天和者，谓之天乐”，应该就是这种境界吧。

只可惜，《世说新语》写尽魏晋风流，却片言不及渊明，为后世留下了一桩学界聚讼的公案。这种“选择性遗忘”，或许正是基于对陶渊明“高于晋宋人物”（朱熹语）的文化特殊性的观察和判断，作为“不在场的在场者”，陶渊明因而成为一个更大的存在，“顾影独尽”，千载之下，犹引人遐想。好在，今天的《世说新语》与陶渊明研究早已合流，几届学术年会皆彼此互通款曲，宾主无间，“乘兴而行，兴尽而返”——这，该是魏晋名士们乐意看到的景象吧。

5. 雅量之风

严格说来，雅量并不算是一种风气，而是代表魏晋士人理想人格的一个高标。

“雅量”一词，最早见于杨修《答曹植书》：“若乃不忘经国之大美，流千载之英声，铭功景钟，书名竹帛，此自雅量素所蓄也，岂与文章相妨害哉？”（《三国志·魏志·陈思王植传》注引《典略》）这里的雅量，是指渊雅的器量，只是对某一人物的品题语，涵盖面和影响力并不很大。等到《世说新语》特设《雅量》一门，用四十二则故事阐述其微旨，规模其气象，雅量才被赋予更为深刻的文化符号学价值，成为文人士夫心向神往的一种独特风神韵度和理想人格境界了。

想要深入理解雅量，可与《世说新语》的另外三个门类加以对比。哪三个门类呢?

一是《方正》。之前我们说过,《世说新语》的三十六门蕴含着一个价值判断的次第,大体说,越在前越褒,越往后越贬。"孔门四科"自不必说,第五门"方正"也出自汉代察举的科目,紧接着出现的"雅量"位列第六,其地位之重要可以想见。我在拙著《世说新语新评》中对"雅量"有如下评述:

雅量,即恢宏之气度与过人之器量,乃魏晋名士心向神往之理想人格与生命境界。如谓方正乃处理人己关系之品格,雅量则为处理物我关系乃至天人关系之高标。简言之,雅量乃是一从容恒定之人格状态,即不以外在环境之变故,改变内在人格之稳定性。所谓临危不乱,处变不惊,不以物喜,不以己悲;又所谓"泰山崩于前而色不变,麋鹿兴于左而目不瞬"也。以一己之"不变",以应外物之"万变",雅量之为人格,犹置千钧之重于鸿毛之轻,又如"高高山上立,深深海底行",其壮其美,有可意会而不可言传者焉。观《雅量》一门所记,皆魏晋名士处各种变故时之卓绝表现,或白描直叙,或对比烘托,无不惊心动魄,溢彩流光。嵇康临刑东市而神色不变,索琴而奏《广陵散》，人格何其伟岸！谢安大敌当前，闲敲棋子，气定神闲，谈笑间樯橹灰飞烟灭，风度何其潇洒！至如羲之东床坦腹，以无待为达；顾和觅虱如故，以不求为高。凡此种种，正雅量人格妩媚迷人处。是方正、雅量之间，方正乃代表自己与人对话，雅量则代表人类与上帝对话，故《雅量》一门虽处《方正》之后，精神价值反在其上也。

二是《豪爽》。以下是我对“豪爽”的评述：

豪爽者，豪迈俊爽之谓也。《世说》之门类设定，常两两相对，彼此呼应，如《识鉴》之于《赏誉》、《企羡》之于《品藻》、《捷悟》之于《夙惠》、《术解》之于《巧艺》、《任诞》之于《简傲》、《规箴》之于《自新》、《排调》之于《轻诋》、《纰漏》之于《尤悔》、《假谲》之于《谗险》、《俭啬》之于《汰侈》、《宠礼》之于《黜免》、《忿狷》之于《惑溺》，皆其例也。盖编者以为，人之才性品类，或如阴阳之交错，或如形影之相随，常有粗看混沌、细察可辨者在焉。即如《豪爽》一门，实可与《雅量》并观，其显隐张弛，外放内敛，皆人格类型之两极展现。古语云：“唯大英雄能本色，是真名士自风流。”若谓

《雅量》所关乃光风霁月之名士风流，则《豪爽》所标实为排山倒海之英雄本色。

三是《品藻》。所谓“品藻”，即品评人物，第其高下。与“赏誉”称赏赞誉个人不同，“品藻”是品第众人，由比较以显其高下。这与汉末魏晋以人物品评为依据的选官制度有关，尤其是“九品中正制”的中正一职，其主要职责就是“区别人物，第其高下”。这就在精英阶层中形成了某种彼此争高、耻居人下的舆论氛围，当时有所谓“流品”之说，不入“流品”者或仅在“第二流”者，常会感到巨大的精神压力。试看《品藻》中的两个故事：

9.25　世论温太真（峤）是过江第二流之高者。时名辈共说人物，第一将尽之间，温常失色。（温峤失色）

9.37　桓大司马（温）下都，问真长（刘惔）曰：“闻会稽王（司马昱）语奇进，尔邪？”刘曰：“极进，然故是第二流中人耳。”桓曰：“第一流复是谁？”刘曰：“正是我辈耳！”（正是我辈）

东晋名臣温峤因为有“绝裾辞母”的前科（《尤悔》第9条），在当时的人物品藻中一直承受着不小的政治道德压力；而在清谈的论辩场上，被视为“故是第二流中人”的简文帝司马昱，所感受到的应该是一种学术审美压力了。而执清谈牛耳的刘惔等人，似乎就是话语权和解释权在握的庄家和操盘手，孰优孰劣，全在其一言。所以在《品藻》一门中，到处可见名士们或明或暗的争竞与攀比，语言照例是隽永优美的，其中的微妙比拼则不难想见。“雅量”的人格，大概正是在这样一种近乎“内卷”的品藻风气中，被发现、欣赏、形塑和崇尚的。举个例子就很容易明白，假如温峤在“第一将近之间”神色不变，气定神闲，那他应该就不是《品藻》门中的失意者，而是《雅量》门中的优选者了。

那么，雅量人格到底有什么特别的表现呢？我们先看《雅量》门的前三条：

6.1　豫章太守顾劭，是雍之子。劭在郡卒，雍盛集僚属自围棋，外启信至，而无儿书，虽神气不变，而心了其故，以爪掐掌，血流沾褥。宾客既散，方叹曰：“已无延陵

之高，岂可有丧明之责！"于是豁情散哀，颜色自若。（顾雍丧子）

6.2　嵇中散（康）临刑东市，神气不变。索琴弹之，奏《广陵散》。曲终，曰："袁孝尼（准）尝请学此散，吾靳固不与，《广陵散》于今绝矣！"太学生三千人上书，请以为师，不许。文王亦寻悔焉。（广陵绝唱）

6.3　夏侯太初（玄）尝倚柱作书，时大雨，霹雳破所倚柱，衣服焦然，神色无变，书亦如故。宾客左右，皆跌荡不得住。（倚柱作书）

这三个故事提醒我们，雅量之所以为雅量，绝不像"任诞"那样可以轻易模仿和复制。雅量的彰显，常常是在生死攸关的噩耗、猝不及防的危险和无从逃避的死亡到来之际——作为人生这部大戏的主角，事先你并不知道剧情，因而无从预演和彩排，更无法回放、修补和推倒重来。在对雅量的把握中，"神气""神色""神意""神宇"是最重要的观察对象，而保持不变则是雅量的首要标准。雅量的完成过程，靠的是内在定力的坚韧和人格精神的稳定，任何外力的援助和观众的配合皆告无效，所以一出手就胜负立判，转瞬间便定案千古。

6.15　祖士少（约）好财，阮遥集（孚）好屐，并恒自经营。同是一累，而未判其得失。人有诣祖，见料视财物。客至，屏当未尽，余两小簏，著背后，倾身障之，意未能平。或有诣阮，见自吹火蜡屐，因叹曰："未知一生当着几量屐！"神色闲畅。于是胜负始分。（胜负始分）

这个故事涉及物我关系的对待，大有深意。祖约的好财也好，阮孚的好屐也罢，都是被身外之物所牵累，所以在当时的人物品藻中"未判其得失"；而在同样面对不速之客的到访时，二人的不同表现才使"胜负始分"。"意未能平"四字，写出物我关系之紧张，我未能尽超物上，反为物所羁绁，也即所谓人为物役，玩物丧志，祖士少于是乎尽显局促；而"神色闲畅"四字，则写出物我对待之从容，我虽爱物，物却在我之环中，此正庄子"物物而不物于物"（《庄子·山木》）之意，阮遥集于是乎尽显高情。晋人之品藻人物，在神不在形，在我不在物，于此可知。顺便说一句，这个阮孚，正是阮咸重服追婢留下的"人种"，在两晋之交，阮孚与其兄阮瞻能够跻身风流名士之列，与其天赋的雅量不无关系。

6.36　王子猷、子敬曾俱坐一室，上忽发火，子猷遽走避，不惶取屐；子敬神色恬然，徐唤左右，扶凭而出，不异平常。世以此定二王神宇。（二王神宇）

王子猷的"雪夜访戴"，创造了一个天马行空的任诞佳话，但在和其弟王子敬的雅量比拼中，却一不小心露出了马脚：相比子敬的"神色恬然""不异平常"，他的"遽走避，不惶取屐"，就实在太过局促狼狈了。有意思的是最后一句——"世以此定二王神宇"——似乎总有一双看不见的眼睛在盯着大家的一举一动，雅量的对决和裁判常常"于无声处听惊雷"，给人留下余音绕梁的深刻印象。

然而，以上这些故事还都只是铺垫——雅量之为雅量，不到东晋风流宰相谢安出来现身说法，就算不得高潮迭起，波澜壮阔。在我看来，谢安无疑是《世说新语》中是最受作者刘义庆爱赏的人物，根据余嘉锡《世说新语笺疏》附录"人名索引"的统计，魏晋名士在《世说新语》正文及刘注中出现的频率依次如下：

谢安 125 次、桓温 113 次、王导 99 次、庾亮 72 次、刘惔 79 次、司马昱 69 次、王敦 59 次、王濛 57 次、殷浩 55 次、支遁 53 次、王羲之 52 次、王衍 48 次、王戎 44 次、桓玄 41 次、司马炎 40 次、孙绰 39 次、王恭 36 次、周颉 35 次、司马昭 32 次、嵇康 31 次、王坦之 31 次、曹操 30 次、司马睿 30 次、谢尚 30 次、谢玄 29 次、王献之 29 次、阮籍 28 次、郗超 28 次，王珣 26 次、殷仲堪 26 次、温峤 24 次、裴楷 23 次、山涛 22 次、谢万 22 次、乐广 21 次、许询 21 次、顾恺之 20 次、袁宏 20 次，王胡之 19 次、王子猷 19 次、王济 19 次、庾敳 18 次……

你看，谢安的“出镜率”高居榜首，达到 125 次，遥遥领先于所有魏晋名士，而在《雅量》门中，其故事竟多达七条，占该门总条目的六分之一。可以说，谢安不仅是名士风流的最佳诠释者，也是雅量人格的集大成者。

透过这些雅量故事，我们不难发现，《世说新语》在全书的结构上固然取一种大观视角，但在具体的叙事写人上，却又特别注重微观的细节刻画，往往三言两语便能为人物传神写照，一个动作神态的描写便将许多言外之意烘托出来，令人回味无穷。在下面这个故事中，谢安的超人胆识和滔滔雅量便呼之欲出：

6.28　谢太傅（安）盘桓东山时，与孙兴公（绰）诸人泛海戏。风起浪涌，孙、王诸人色并遽，便唱使还。太傅神情方王，吟啸不言。舟人以公貌闲意说，犹去不止。既风转急，浪猛，诸人皆喧动不坐。公徐云：“如此，将无归！”众人即承响而回。于是审其量，足以镇安朝野。（镇安朝野）

这是谢安隐居东山与诸名士泛海戏时的表现，风急浪猛之时，谢公“神情方王”（王同“旺”），“貌闲意说”（说同“悦”），而孙绰、王羲之等人，则神色慌遽，“喧动不坐”，两相对比，高下立见。“于是审其量，足以镇安朝野”——这既是当时人们的看法，也与后来谢安激流勇进、力挽狂澜的历史事实相符。古语云：“将军额上能跑马，宰相肚里能撑船。”观谢公所为，信不虚也。难怪当时有人说：“安石不肯出，将如苍生何？”（《排调》第26条）

再看下面一则：

6.29　桓公伏甲设馔，广延朝士，因此欲诛谢安、王坦之。王甚遽，问谢曰："当作何计？"谢神意不变，谓文度曰："晋祚存亡，在此一行。"相与俱前。王之恐状，转见于色。谢之宽容，愈表于貌。望阶趋席，方作洛生咏，讽"浩浩洪流"。桓惮其旷远，乃趣解兵。王、谢旧齐名，于此始判优劣。（王谢优劣）

这个类似鸿门宴的故事发生在东晋咸安二年（372），简文帝司马昱驾崩之后。当时司马昱遗诏桓温，命其依诸葛亮、王导故事辅佐幼主，桓温大怒，怀疑是王坦之、谢安从中作梗，于是带兵进京，以拜赴山陵的名义，驻扎于新亭，大摆筵席，暗中却埋伏武装兵士，准备诛杀王、谢二人。就在死生俄顷之际，一向齐名、难分优劣的王、谢二人终于迎来决定胜负的关键时刻。赴宴之前，王坦之早已惊慌失措，谢安则"神意不变"，从容不迫；宴席之上，"王之恐状，转见于色。谢之宽容，愈表于貌"。最后竟成了谢安的独角戏，"望阶趋席，方作洛生咏"，吟诵的是嵇康写给他哥哥嵇喜的一首"浩浩洪流"。

要知道，嵇康正因被司马昭所杀而赢得千古美名，谢安在此刻吟诵嵇康的诗，用意不言自明。桓温本就极爱谢安之才，亦非残忍好杀之辈，故“惮其旷远，乃趣解兵”。一向颇有争议的王、谢二人，“于此始判优劣”。面对死亡的威胁，二人的表现大相径庭，谢安的“高光时刻”，竟成了东晋名臣王坦之的“至暗时刻”。由此可见，在人物品藻中，雅量的标准远比容止、才情、风度、名声等更为重要，往往是决定人物高下、优劣、雅俗、胜负的关键。

然而，以上还都不算是高潮。下面这则故事几乎可谓雅量的“标本”：

6.35　谢公与人围棋，俄而谢玄淮上信至，看书竟，默然无言，徐向局。客问淮上利害，答曰：“小儿辈大破贼。”意色举止，不异于常。（谢公围棋）

东晋太元八年（383）的淝水之战，对于东晋存亡远比桓温的鸿门宴更为重要。而《世说新语》偏偏从一盘棋局写起，这与谢安运筹帷幄之中，决胜千里之外，举重若轻、指挥若定的

（明）尤求《东山报捷图》

雍容气度正相契合。这里又有一明一暗两层对比：眼下的棋局与前线的战场——这是暗的对比；谢安的淡定洒落与“客”的着急担心——这是明的对比。这盘看似平常的棋局，因而成了展演人之灵性和活力的生命舞台。谢安的“默然无言，徐向局”最有意趣，似乎前线的胜败反不如眼下这盘棋来得重要。而当客问“淮上利害”时，他才轻描淡写、云淡风轻地说：“小儿辈大破贼。”似乎一切尽在预料之中，又似乎一切都不重要。而“意色举止，不异于常”这八个字，几乎要让千年后的读者生气了。我们不免会问：如果战役失败，谢安还会这么气定神闲吗？我想来想去，觉得他应该还是会“意色举止，不异于常”。因为非如此，便不足称雅量！

大概是唯恐谢安真会“一战封神”，

《晋书》本传在此事后增补了一段：“既罢，还内，过户限，心喜甚，不觉屐齿之折，其矫情镇物如此。”唐人大概不相信谢安真能做到如此处变不惊，似乎非要把谢安从神坛拉下不可，“矫情镇物”四字，等于说谢安就是个“戏精”。要我说，就算折屐齿的事情属实，也丝毫不减谢安雅量人格的光辉，甚至还让其人平添几分可亲与可爱来。

谢安曾说过一句很豪气的话：“贤圣去人，其间亦迩。”（《言语》第 75 条）当时听到的子侄辈“未之许”，我倒以为，谢安完全当得起这句话。

6. 隐逸之风

在魏晋流行的诸多风气中，隐逸之风可算是最为强劲的一种，从汉末以迄东晋，几乎呈愈演愈烈之势。至刘宋初年，有两部文献对隐逸文化投以关注，并加总结，一是范晔的《后汉书》，一是刘义庆的《世说新语》。前者专设“逸民列传”，开启史传隐逸书写之先河；后者专设“栖逸”一门，为魏晋隐士之流树碑立传。

所谓“栖逸”，即隐居避世之意。在中国传统文化中，隐逸是最具传奇性、超越性和浪漫气质的一种文化现象，甚至从某种程度上说，还颇具所谓现代性。因为“隐”与“仕”相对，一个人选择隐居山林不问世事的生活，等于对现实政治投了一张弃权票，这是以一种极端的方式表达了不合作的姿态，宣告自己所看重的乃是尘世中原本稀缺的那一份“消极自由”。

所以，无论儒家还是道家，对隐逸的价值和意义都是认可的。《论语》中孔子把辟（避）世、辟地、辟色、辟言之徒称为“贤者”（《宪问》），并反复说：“天下有道则见，无道则隐。”（《泰伯》）“邦有道，则仕；邦无道，则可卷而怀之。”（《卫灵公》）“用之则行，舍之则藏。”（《述而》）尤其是《微子》一章，专门记录并探讨士人出处、进退、去就之道，几乎可以说是最早的“隐逸传”，其中不仅有对接舆、长沮、桀溺、荷蓧丈人等隐士的描写，还有孔子对六位“逸民”（何晏《论语集解》：“逸民者，节行超逸也。”）的评价：“不降其志，不辱其身，伯夷、叔齐与？”谓柳下惠、少连：“降志辱身矣。言中伦，行中

（明）仇英《孔子圣绩图》之“子路问津”

虑，其斯而已矣。”又谓虞仲、夷逸：“隐居放言，身中清，废中权。”最后孔子说：“我则异于是，无可无不可。”所谓“无可无不可”，用孟子的话就是：“可以仕则仕，可以止则止，可以久则久，可以速则速，孔子也。”（《孟子·公孙丑上》）而在《论语·季氏》中，孔子又说“隐居以求其志，行义以达其道”，这些都说明，孔子内心深处是怀有隐逸情结的。

当然，隐逸文化与老、庄的无为逍遥之旨更相契合。老子、庄子都是隐居生活的践行者，故司马迁说："老子，隐君子也。"(《史记·老子韩非列传》)《庄子·缮性》中也有对"隐"的诠释："古之所谓隐士者，非伏其身而弗见也，非闭其言而不出也，非藏其知而不发也，时命大谬也。当时命而大行乎天下，则反一无迹；不当时命而大穷乎天下，则深根宁极而待：此存身之道也。"在老、庄看来，隐居避世，"曳尾于涂中"，正是乱世中非常实用的一种"存身之道"。

关于隐居的原因，范晔在《后汉书·逸民列传》中列举了六条："或隐居以求其志，或回避以全其道，或静己以镇其躁，或去危以图其安，或垢俗以动其概，或疵物以激其清。"并且说："彼虽硁硁有类沽名者，然而蝉蜕嚣埃之中，自致寰区之外，异夫饰智巧以逐浮利者乎！荀卿有言曰，'志意修则骄富贵，道义重则轻王公'也。"

不过，鲁迅在《隐士》一文中，对"隐士"取一种讽刺消解的态度，他先说："登仕，是啖饭之道，归隐，也是啖饭之道。假使无法啖饭，那就连'隐'也隐不成了。"接着又说："汉唐以来，实际上是入仕并不算鄙，隐居也不算高，而且也不算穷，必须欲'隐'而不得，这才看作士人的末路。唐末有一位诗人左偃，自述他悲惨的境遇道：'谋隐谋官两无成'，是用七个字道破了所谓'隐'的秘密的。"还有一段更厉害："真的'隐君子'是没法看到的。古今著作，足以汗牛而充栋，但我们可能找出樵夫渔父的著作来？他们的著作是砍柴和打鱼。"(《且介亭杂文二集》)

鲁迅看出归隐也是"啖饭之道"，其实并不比《庄子》所说的"存身之道"更高明，我们总不能说，非要像伯夷、叔齐饿死在首阳山才叫真隐士吧？尤其是，鲁迅把樵夫渔父当作真的隐君子，等于混淆了"士"与"民"的关系（陶渊明即使种田，也还是"志于道"的"士"，而不是"谋于食"的"农"），也把隐士所以为"士"的真精神给取消了。打个不恰当的比方，我们总不好说，今天的"三农问题"竟全是"隐士问题"吧？

关于隐逸文化的历史意义，钱穆有过如下论述：

《易经》上亦说"天地闭，贤人隐"，隐了自然没有所表现。中国文化之伟大，正在天地闭时，贤人懂得隐。正在天地闭时，隐处仍还有贤人。因此，天地不会常闭，贤人不会常隐。这些人乃在隐处旋乾转坤，天地给他们转变了，但别人还是看不见，只当是他无所表现。……这是天地元气所钟，文化命脉所寄。今天我们只看重得志成功和有表现的人，却忽略了那些不得志失败和无表现的人。……但历史的大命脉正在此等人身上。中国历史之伟大，正在其由大批若和历史不相干之人来负荷此历史。(《中国历史研究法》第六讲《如何研究中国历史人物》)

“历史的大命脉”是否就在这些隐士身上，似乎还可以再讨论，但隐逸行为的发生和流行，的确丰富了中国人的生存样态和精神世界，为心性高洁的有志有识之士在“无所逃于天地之间”的体制之外，提供了一种自由选择甚至“诗意栖居”的可能——这是隐逸文化特别令人心动的地方。

大致说来，汉代的隐士，多以儒家“隐居以求其志”为尚，《后汉书·逸民列传》中的隐士如向子平、严子陵、台孝威等人，都是“不事王侯，高尚其事”的狷介之士。《世说新语》开篇出现的如徐孺子、黄叔度、管宁等就属于这一类。汉代的隐士虽然生活贫寒，但一般情况下，不仅不会受到当局的打压，反而受到官方的征召甚至皇帝的礼遇，汉光武帝对严子陵的态度就是好例。

到了三国时期，情况就有所不同，因为“天下多故，名士少有全者”，罗网无处不在，这时的隐逸就更像是一种逃离和自救。由于汉末兴起的道教的影响，这时的隐士往往与道士合流，变得岩居穴处，不食人间烟火，《世说新语·栖逸》前两条所载的苏门先生和孙登就是典型。阮籍、嵇康先后入山访道，与之同游，所获回应云遮雾罩，神秘感十足。且看关于嵇康的两条：

18.2　嵇康游于汲郡山中，遇道士孙登，遂与之游。康临去，登曰：“君才则高矣，保身之道不足。”（保身不足）

18.3　山公将去选曹，欲举嵇康，康与书告绝。（与书告绝）

嵇喜《嵇康别传》说：“山巨源为吏部郎，迁散骑常侍，举康，康辞之，并与山绝。岂不识山之不以一官遇己情邪？亦欲标不屈之节，以杜举者之口耳。乃答涛书，自说不堪流俗，而非薄汤、武。大将军闻而恶之。”嵇康后来被司马昭所杀，在这里已埋下引线。可知魏晋易代之际，政争残酷，隐居不唯不能保身，反易招致杀身之祸。鲁迅所谓“欲‘隐’而不得，这才看作士人的末路”，良有以也。

2.18　嵇中散（康）既被诛，向子期（秀）举郡计入洛，文王引进，问曰：“闻君有箕山之志，何以在此？”对曰：“巢、许狷介之士，不足多慕。”（不足多慕）

这个见于《言语》门中的故事亦可看出，嵇康死后，肃杀之气遍布朝野，如向秀一样的隐士已失去隐居的自由。到了西晋建立，天下一统之后，隐逸之风稍歇，当时如左思之辈虽也在仕途多舛时写过《招隐诗》，但整个时代的急功近利使得隐居之志被遗忘了，当时园林的建造很盛，达官贵人可在庄园中过一过“朝隐”的瘾，故《世说新语》中关于西晋名士的“汰侈”故事甚夥，而隐逸故事则付诸阙如。倒是左思的诗句“非必丝与竹，山水有清音”（《招隐诗》其一），为东晋一朝风靡朝野的隐逸之风奏响了序曲。

宗白华说：“晋人向外发现了自然，向内发现了自己的深情。"(《论〈世说新语〉和晋人的美》) 这里的晋人，恐怕更多的是指东晋士人。比之以往，东晋士人的隐逸之志"好像简直与现实无关"(王瑶《中古文学论集》)，对老庄无为之道的向往，对自然山水的热爱，成了隐居的最佳理由。江浙一带本多佳山秀水，会稽山水更是明丽动人，这使偏安江南的东晋士大夫陶然忘忧，乐不思蜀。当时的隐士与其说是"隐居以求其志"，不如说是"隐居以求其乐"。这个乐，当然就是庄子的濠濮之乐、山水之乐。

2.61　简文（司马昱）入华林园，顾谓左右曰："会心处不必在远，翳然林水，便自有濠、濮间想也，不觉鸟兽禽鱼自来亲人。"

2.91　王子敬（献之）云："从山阴道上行，山川自相映发，使人应接不暇。若秋冬之际，尤难为怀。"

18.16　许掾（询）好游山水，而体便登陟。时人云："许非徒有胜情，实有济胜之具。"

23.36　刘尹（惔）云："孙承公（统）狂士，每至一处，赏玩累日，或回至半路却返。"

浙江天台山大瀑布

东晋的名士们不仅登山临水，而且还模山范水，用清丽精美的语言和诗赋表达山水之爱。如顾恺之对会稽“山川之美”，就用“千岩竞秀，万壑争流，草木蒙笼其上，若云兴霞蔚”（《言语》第88条）加以描绘。浙江东阳的长山“靡迤而长”（《会稽土地志》），名僧支道林一见之下，脱口而出：“何其坦迤！”（《言语》第87条）孙绰作为一代文宗，才高性鄙，雅不为名辈所喜，但当他纵情山水时，却表现出赤子般的童心。《晋书·孙绰传》说：“少与高阳许询俱有高尚之志，居于会稽，游放山水，十有余年。"他写完著名的《游天台赋》，交给名士范启（字荣期）看，说："卿试掷地，要作金石声！"（《文学》第86条）成语"掷地有声"即由此而来。唯其如此，孙绰才能在《庾亮碑文》中说出"固以玄对山水"（《容止》第24条刘注引）的隽永之言，至于他在玄言诗的创作中融入山水意趣，为谢灵运的山水诗导夫先路，就更是文学史上的佳话了。

当时的佛道人物也都是隐逸生活的践行者。东晋僧人竺法济著有《高逸沙门传》，"沙门"即和尚，说明在"出家"的僧人中，亦有"出世"的高蹈之人。像支道林、竺法深、于法开、康僧渊等都是和尚中的隐士。这些僧人常常游走于"朱门"和"蓬户"之间，如鱼得水：

2.48　竺法深在简文坐，刘尹问："道人何以游朱门？"答曰："君自见其朱门，贫道如游蓬户。"（蓬户朱门）

竺法深和刘惔的对话除了表明语言上的机智，还附带提醒我们，当时的僧道和隐士常常是最高权力者的座上宾，生活远比汉魏时的隐士为"滋润"。像支道林，不仅"常养数匹马"

（《言语》第 63 条），而且还要“买山而隐”：

25.28　支道林因人就深公（竺法深）买印山，深公答曰：“未闻巢、由买山而隐。”（买山而隐）

竺法深对支道林的讽刺可谓入木三分，但反过来看，他自己也很可疑，竟想让人从他手里“买山”，也实在不是什么“贫道”。

僧人隐居都可以如此洒脱，名士更不用说。

18.13　许玄度（询）隐在永兴南幽穴中，每致四方诸侯之遗。或谓许曰：“尝闻箕山人似不尔耳。”许曰：“筐篚苞苴，故当轻于天下之宝耳。”（玄度幽隐）

许询隐居在永兴县南部的深山洞穴中时，常有各地的官员赠送物品给他。有人就讽刺他：“听说在箕山隐居的许由好像不这样。”许询却说：“接受点装在竹筐草包里的东西，实在比天子之位轻多了！”把许询这话和向秀的“巢、由狷介之士，不足多慕”一比较便可知道，东晋名士似乎已达到“跳出三界外，不在五行中”的逍遥境界，以往士人们执着的“箕山之志”在他们看来，根本不值一哂。毕竟，他们已经获得了“免于恐惧的自由”。

当时不仅隐士如云，还有人充当隐士的经济后盾，桓温的高级参谋郗超（字嘉宾）便是好例。《晋书·郗超传》说他“性好闻人栖遁，有能辞荣拂衣者，超为之起屋宇，作器服，畜仆竖，费百金而不吝”。

18.15　郗超每闻欲高尚隐退者，辄为办百万资，并为造立居宇。在剡，为戴公起宅，甚精整。戴始往旧居，与所亲书曰：“近至剡，如官舍。”郗为傅约亦办百万资，傅隐事差互，故不果遗。（起宅助隐）

这个郗超，简直可以说是隐士的幕后“金主”，每听到有人隐居，便斥资为其“造立屋宇”。当时的著名隐士戴逵就曾得到过他的赞助，只不过盖的宅子状如官舍，让戴逵颇觉遗憾。另一位名叫傅约的名士扬言要隐居，郗超也为他准备了百万巨资，但傅约后来改变主意，郗超的赞助也就不了了之。

《栖逸》门共十七条故事，其中十四条记东晋事，说明在东晋一朝，隐逸已经和安贫乐道、全身保命无缘，而成了一种让人趋之若鹜的时尚了。这是东晋名士才能享受的盛宴，“仕隐双修”也好，“隐而优则仕”也罢，竟把隐士的志节与风骨抹煞于无形了。

好在，东晋还有一个陶渊明。这位“古今隐逸诗人之宗”，看出了当时“真风告逝，大伪斯兴，闾阎懈廉退之节，市朝驱易进之心”(《感士不遇赋》)的浮华之弊，其所谓“大伪”，大概是指晋宋之交，那些一面崇尚佛老隐遁之道，一面驰驱奔走于仕途经济的所谓风流名士吧。而其所谓“真风”，亦非指佛老，而是以孔子和六经为旨归的“君子固穷”之节及延绵千年的风雅传统。又其《饮酒》诗云：“羲农去我久，举世少复真。汲汲鲁中叟，弥缝使其淳。……区区诸老翁，为事诚殷勤。如何绝世下，六籍无一亲。终日驰车走，不见所问津。”钱锺书在论及陶渊明对老庄的态度时说：“盖矫然自异于当时风会。《世说·政事》注引《晋阳秋》记陶侃斥老庄浮华，渊明殆承其家教耶。”(《谈艺录》)

正如元人张仲深诗云：“致身未断出处期，尚抱遗经作儒隐。”（《赠茜泾张伯起》）陶渊明的隐居，不是一味地远离尘嚣，“与鸟兽同群”，而是“结庐在人境”的人间守望，是“隐居以求其志，行义以达其道”的儒者志节。清人钟秀说：“后人云晋人一味狂放，陶公有忧勤处，有安分处，有自任处。秀谓陶公所以异于晋人者，全在有人我一体之量，其不流于楚狂处，

（明）陈洪绶《陶渊明爱菊图》（局部）

全在有及时自勉之心。……三代而后，可称‘儒隐’者，舍陶公其谁与归？”(《陶靖节记事诗品》)

可以说，魏晋隐逸之风如果没有陶渊明出来“收拾”“蹈厉”一番，怕真要漫漶支离，“前途当几许？未知止泊处”（陶渊明《杂诗》其五）了。唐宋以后，“儒隐”之风日益流行，绝不是偶然的。正如饮酒和任诞一样，这又是陶渊明超越时代、“高于晋宋人物”的地方。

7. 艺术之风

“艺术”这一概念，在中国古代有特定的解释。《后汉书·伏湛传》注称：“艺谓书、数、射、御；术谓医、方、卜、筮。”说明“艺”和“术”各有所指。“艺术”一词在今天，相当于英文中的art，而在古代则与“方术”“巫术”“方技”互称，相当于英文中的witchery（巫术）。如《晋书·艺术传》开篇即说：

艺术之兴，由来尚矣。先王以是决犹豫，定吉凶，审存亡，省祸福。曰神与智，藏往知来；幽赞冥符，弼成人事；既兴利而除害，亦威众以立权，所谓神道设教，率由于此。然而诡托近于妖妄，迂诞难可根源，法术纷以多端，变态谅非一绪，真虽存矣，伪亦凭焉。圣人不语怪力乱神，良有以也。

其中所记，多是占候、卜筮、阴阳、风水之类的巫觋方士之事，与今天所说的"艺术"关系不大。

有必要提醒读者注意的是，在区分"艺术"和"方技"这两个概念的过程中，《世说新语》起到了至关重要的作用。之前我们说过，《文学》门的"一目中复分两目"，是把"文章"与"学术"作了一个切割，体现了刘宋初年随着儒、玄、史、文四大学馆的设立，"文学"已经从"学术"的母体中脱胎出来，获得了独立的地位——这是比所谓"文学的自觉"更为显著而重要的文化标志。这样的编排，体现了刘义庆有着非同一般的文学敏感性和艺术鉴赏力。

这一点在《术解》和《巧艺》二门的分设上表现得更为充分。《术解》在前，所记以医、方、卜、筮为主，表示了对传统“艺术”（即方技）概念的尊重；《巧艺》在后，所载多为琴、棋、书、画等艺术家的奇闻轶事，则是对艺术和艺术家的一次“正名”。把这两个门类放在一起而又井河不犯，反映了刘义庆试图把纯审美的“艺术”从实用性的“方术”中独立出来的努力。这在中国艺术和美学发展史上，是十分值得注意的一个事件。此外，刘义庆还一人而兼二职，完成了《世说新语》和《幽明录》两种不同性质的笔记小说的编撰，成功地将“志人”和“志怪”区分开来，再次彰显了他的远超时流的文体自觉和小说分类意识。

金文“艺”

“艺”，古字写作“埶”，像一人双手持草木之形，表示种植，引申为才艺、技能。至少在孔子之前，“艺”的从事者和“百工”之类的匠人及巫医方士之类差不多，社会地位比较低贱。故孔子说：“吾不试，故艺。”又说：“吾少也贱，故多能鄙事。君子多乎哉？不多也。”（《论语·子罕》）言下之意，我因为出身贫贱，长期不被任用，所以懂得不少技艺；那些在位有爵的君子会有这么多技艺吗？不会的呀。孔子以“鄙事”称艺能，说明多才多艺之辈，曾经是处在一条“鄙视链”的末端的。

不过，也正是孔子改变了这一状况。孔子一方面说“君子不器”（《论语·为政》），斥请求学稼、学圃的弟子樊须为“小人”；另一方面又十分重视艺能的熏陶和修养，认为君子应该“志于道，据于德，依于仁，游于艺”（《论语·述而》）。这里的“艺”，盖指礼、乐、射、御、书、数，也即所谓“六艺”。《礼记·学记》说：“不兴其艺，不能乐学。故君子之于学也，藏焉，修焉，息焉，游焉。”这个“游”字颇生动，给人以丰富的联想，盖君子熟练掌握六艺之后，优游其中，恰如鱼儿畅游于水中，能获得一种游戏的愉悦和快乐。孔子对诗、礼、乐在养成君子人格过程中的作用尤为看重，说：“兴于《诗》，立于礼，成于乐。”（《论语·泰伯》）他对音乐的精通和痴迷更是让人叹为观止，其在齐闻《韶》，竟至“三月不知肉味”（《论语·述而》）。孔子也不排斥“博弈”，曾说：“饱食终日，无所用心，难矣哉！不有博弈者乎，为之犹贤乎已。”（《论语·阳货》）总之，如徐复观所说，孔门倡导的乃是一种“为人生而艺

（清）焦秉贞《孔子圣迹图》之“在齐闻韶”

术”的艺术精神，更重礼乐、风雅和才艺，这对于君子人格的塑造和后世雅文化的生长，影响无疑是巨大而深远的。

不过，正如孔子对子夏“女（汝）为君子儒，无为小人儒”（《论语·雍也》）的告诫那样，孔门教育更强调“士志于道”，故子夏也说：“虽小道，必有可观者焉，致远恐泥。”（《论语·子张》）可见在“道”“德”“仁”“艺”之间，次第还是很清楚的。所以当子贡问如何“为仁”时，孔子的回答是：“工欲善其事，必先利其器。居是邦也，事其大夫之贤者，友其士之仁者。”（《论语·卫灵公》）“事贤友仁”才是君子的“利器”之道。这里的“工”，即“百工”之徒，其中既有匠人，也有画工、乐工等今之所谓“艺术家”。

孔子对“巫医”这些方术之士又是怎么看的呢？《论语·子路》记孔子说：“南人有言曰：‘人而无恒，不可以作巫医。’善夫！”这是说，做事要有恒心，否则连巫医都做不好。孔子又引用《周易·恒卦》“不恒其德，或承之羞”（不能恒守德行的人，常常会受到羞辱）的名言，最后解释说：“不占而已矣。”孔子言下之意，《周易》中这句话的意思，不过是叫人不要去占卜罢了。这和孔子“不语怪力乱神”的理性精神也是一致的。

因为在儒家的天下治理和社会分工等一系列价值理念和制度安排中，贯穿着这种大与小、公与私、道与器、君子与小人等多元对待关系的种种考量，所以对一技、一能、一艺的重视，自然是依托于人的道德修养和才能特长的全面发展之上的，所谓“文质彬彬，然后君子”（《论语·雍也》）。这也正是为什么在儒家思想受到尊奉的两汉，纯粹的“艺术家”因为社会地位较低，而很少留下自己的名字。这种情况要到魏晋六朝，才算有了极大的改观。

魏晋之时，“艺术”的“匠气”似乎已被“文气”和“灵气”所取代，艺术家开始成为辨识度较高的一类人，从士大夫、文人、学者中脱颖而出，成为单独被欣赏、被推重的一种文化人了。琴棋书画、音乐舞蹈、建筑雕塑等艺术门类方兴未艾，人才辈出，以致有人把魏晋六朝视为中国历史上的“文艺复兴”。打开任何一种版本的思想史、文化史、艺术史和美学史，魏晋南北朝都是举足轻重、不可忽视的一个重要部分。我们不妨重温一下宗白华的这段话：

汉末魏晋六朝是中国政治上最混乱、社会上最苦痛的时代，然而却是精神史上极自由、极解放、最富于智慧、最浓于热情的一个时代。因此也就是最富有艺术精神的一个时代。……只有这几百年间是精神上的大解放，人格上、思想上的大自由。……这是强烈、矛盾、热情、浓于生命彩色的一个时代。……总而言之，这是中国历史上最有生气，活泼爱美，美的成就极高的一个时代。(《论〈世说新语〉和晋人的美》)

这段热情洋溢的话，句句不离那个多姿多彩的“《世说新语》时代”，颇能唤起读者的好奇心和阅读《世说新语》的热情。下面我们就围绕《巧艺》一门，说说魏晋的艺术之风。

《巧艺》门共有十四则故事，分别涉及弹棋、建筑、书法、绘画、围棋等内容。第 1 则如下：

21.1 弹棋始自魏宫内，用妆奁戏。文帝于此戏特妙，用手巾角拂之，无不中。有客自云能，帝使为之。客着葛巾角，低头拂棋，妙逾于帝。（弹棋妙戏）

魏文帝曹丕多才多艺，弹棋玩得非常好，好到不用棋杆或其他工具，只用手巾角一扫，就能百发百中。不过强中自有强中手，有个客人技高一筹，戴着葛布头巾，低头一扫，竟然也能准确命中。这说明，艺术精神与游戏精神原本是相通无碍的，孔子说的“游于艺”正可作如是观。

再看 3、4 两则：

21.3 韦仲将（诞）能书。魏明帝（曹叡）起殿，欲安榜，使仲将登梯题之。既下，头鬓皓然，因敕儿孙：“勿复学书！”（登梯题榜）

21.4 钟会是荀济北（勖）从舅，二人情好不协。荀有宝剑，可直百万，常在母钟夫人许。会善书，学荀手迹，作书与母取剑，仍窃去不还。荀勖知是钟而无由得也，思所以报之。后钟兄弟以千万起一宅，始成，甚精丽，未得移住。荀极善画，乃潜往画钟门堂，作太傅形象，衣冠状貌如平生。二钟入门，便大感恸，宅遂空废。（钟书荀画）

这两个故事颇有戏剧性。第一则说，韦诞因为擅长书法，竟被皇帝逼着去登梯题榜，韦诞大概有恐高症，“高空作业”下来，竟然须发皓然，遂痛定思痛，在《家令》中告诫儿孙：“勿复学书！”第二则说，三国时著名书法家钟繇的儿子钟会幼承家学，也擅长书法，尤其善学人书；可惜他没把这个本事用在正道上，竟然模仿外甥荀勖的笔迹，骗走了荀勖放在他母亲钟夫人那里的一把价值百万的宝剑，并据为己有。荀勖知道后，就琢磨报复他的办法。后来钟会兄弟盖了一所价值千万的宅子，非常精致漂亮，尚未乔迁。荀勖擅长绘画，就趁晚上偷偷潜入宅子，在门堂上画了钟会已故父亲钟繇的画像，衣冠相貌，栩栩如生。第二天钟氏兄弟一进门，看到父亲的画像，不禁悲从中来，大哭不已，不敢入住，这所宅子从此就荒废了。

二人的"书画斗法"虽然很有喜感，但把高雅的艺术用于巧取豪夺，也实在让人不敢恭维。

21.6　戴安道就范宣学，视范所为，范读书亦读书，范抄书亦抄书。唯独好画，范以为无用，不宜劳思于此。戴乃画《南都赋图》，范看毕咨嗟，甚以为有益，始重画。（戴逵好画）

这个故事在美学史上意义重大，却很少有人注意，从"无用"到"有益"，足以说明，即使在相对保守的儒者范宣这里，对丝竹丹青之类艺术形式的观感也发生了重要的改变。"用"和"益"，虽然一字之差，其中所包含的由实用功利向审美超越的价值判断的重心转移，却可以说是划时代的。这似乎是从儒家的"为人生而艺术"转向道家的"为艺术而艺术"了。所以我们看到，在杰出的人物画大师顾恺之那里，绘画也和书法一样，完成了从"技术"到"艺术"、从创作实践到理论总结的重要转变。

在《世说新语》中，顾恺之也是个光彩照人的人物，《巧艺》一篇共十四条，他一人就占了六条，堪称艺术之风的最佳代表。顾恺之是个全能型的画家，凡人物、佛像、禽兽、山水等无一不能。史载其师法卫贤，行笔细劲连绵，如春蚕吐丝，行云流水，出之自然。顾恺之不仅善画，而且善论，他的《论画》《魏晋胜流画赞》《画云台山记》等文章，都是中国美术史上的名篇。他提出的“迁想妙得”和“以形写神”等，更是人物画的著名理论和重要技法，对中国绘画的发展影响深远。中国真正意义上的绘画理论，就是从顾恺之开始的。就此而言，如果说曹丕的时代是“文学的自觉”的时代，那顾恺之的时代就是“艺术的自觉”的时代。绘画，乃至所有艺术形式所能带给人的自由超越之境，以及类似于“诗意栖居”的那种审美经验，在东晋的精英阶层中间，似乎已经达成了一种共识。谢安赞美顾恺之的绘画成就时说：“顾长康画，有苍生来所无。”（《巧艺》第7条）正是这一共识的体现。

不过，顾恺之最擅长的还是人物画。人物画在魏晋蔚成大观，大概是受到汉末以来人物品藻风气和魏晋玄学清谈思潮影响的产物。如果说，品藻人物是用语言文字为人物“立此存照”，那人物画就是用构图、色彩、线条为人物作“丹青品藻”。而且，人物品藻中的概念如“形”与“神”等，也都渗透到人物画的认识论和方法论体系中，成为不可分割的一个整体。所以，当时的人物画不仅求形似，更追求“神明”的展现，这也就是顾恺之所说的“传神写照”：

21.13　顾长康画人，或数年不点目精。人问其故，顾曰：“四体妍蚩，本无关于妙处，传神写照，正在阿堵中。”（传神写照）

故事说，顾恺之画人物肖像，有时几年都不画眼睛。有人问他原因，顾恺之说：“四肢的美丑，本来就和人的精神无关，最能够传达人物神采的，正在这眼睛当中啊。”这个记载，应该是“画龙点睛”典故的源头（唐张彦远《历代名画记·张僧繇》：“金陵安乐寺四白龙不点眼睛，每云：‘点眼即飞去。’人以为妄诞，固请点之。须臾，雷电破壁，两龙乘云腾去上天，二龙未点眼者见在。”），也是顾恺之绘画理论中的“眸子论”。它提醒我们，人物画的妙处在于传神，而传神的最佳途径在于点睛。从此，“传神写照”就作为人物画的一个目的论被接受下来。即使碰到极端的情况，顾恺之仍然有办法解决：

21.11　顾长康好写起人形。欲图殷荆州（仲堪），殷曰：

“我形恶，不烦耳。”顾曰：“明府正为眼尔。但明点童子，飞白拂其上，使如轻云之蔽日。”（轻云蔽日）

这大概是“飞白”手法的最早出处，从一个侧面说明了形式与内容相反相成、水乳交融的密切关系。在匠心独运的大艺术家那里，没有什么外在的形式是真正多余的，只要需要，皆可点铁成金。

21.9 顾长康画裴叔则，颊上益三毛。人问其故，顾曰：“裴楷俊朗有识具，正此是其识具。”看画者寻之，定觉益三毛如有神明，殊胜未安时。（颊上三毛）

这个“颊上三毛”的故事，正是“以形写神”的绝佳例证。这里的“识具”好比可见之“形”，它对于“神明”的表现未必是唯一的，却是十分重要的。

所谓“形”，还有第二层含义，即指与人物精神气质相近的背景环境。在绘画中合理地安排环境和场景，对于表现人物的精神气质至关重要：

21.12　顾长康画谢幼舆（鲲）在岩石里。人问其所以，顾曰：“谢云：‘一丘一壑，自谓过之。’此子宜置丘壑中。”（宜置丘壑）

这里把谢鲲置于丘壑之中就是非写实，但又合乎人物风神气韵的“置陈布势”（顾恺之《论画》）。因为谢鲲说过，和庾亮相比，自己在纵情山水、“一丘一壑”方面要更高一筹。可见，要想画好一个人物的“神明”，还必须对其人来一个“知人论世”。这与在裴楷颊上“益三毛”一样，都是顾恺之“迁想妙得”和“以形写神”的美学理念的具体运用，体现了艺术家不拘格套、锐意创新的精神和妙得于神的高超画艺。

当然，绘画作为一种特殊的艺术形式，同样面临“言不尽意”或“形难传神”的问题。顾恺之在为嵇康画像时，就感到了“以形写神”的困境：

21.14　顾长康道：“画‘手挥五弦’易，‘目送归鸿’难。”（手挥目送）

嵇康《兄秀才公穆入军赠诗十九首》第十五首云：“目送

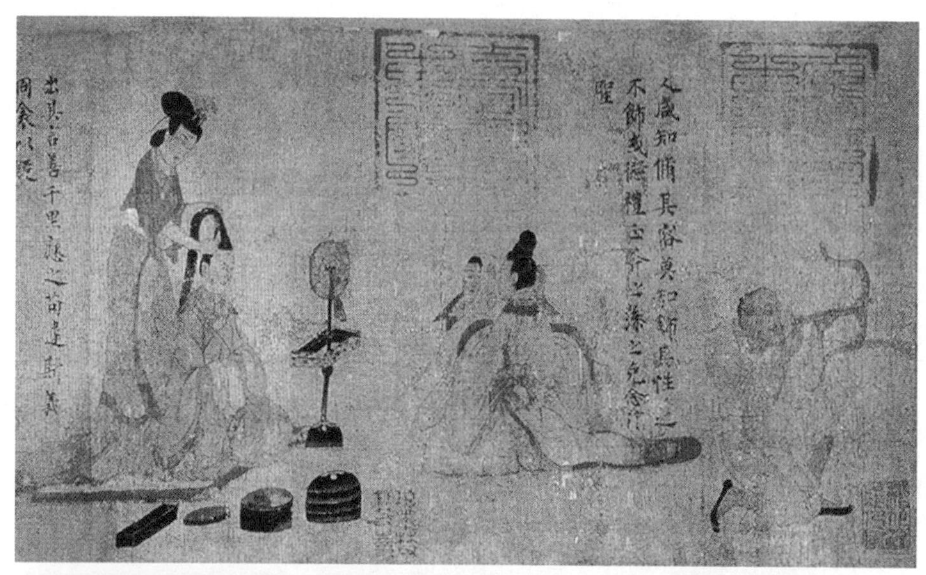

唐摹（晋）顾恺之《女史箴图》（局部）

女史司箴敢告庶姬
取尤冶容求好君子所仇結恩而絕寔
此之由
故曰翼翼矜矜福所以興靜恭自思榮顯所期

归鸿，手挥五弦。俯仰自得，游心太玄。”这里，“手挥五弦”涉及不关乎“神明”的手，因而容易描画；而“目送归鸿”则直接与“传神阿堵”相联，故而极难摹写。一言以蔽之，就是“画形容易传神难”！

顾恺之的才华绝不仅限于绘画，他在诗赋、书法等方面均有不俗表现，当时人称其有“三绝”：才绝，画绝，痴绝，其中有不少有趣的故事，这里就不展开了。

除了书法、建筑、绘画，音乐在魏晋也是颇受士大夫喜爱的艺术样式。像嵇康、阮籍、阮咸、荀勖、谢鲲、张翰、顾荣、谢尚、谢安、戴逵、桓伊等人，都是著名的音乐家。还有被称为“手谈”和“坐隐”的围棋，更是名士们乐此不疲的雅好。古语云：“人无癖不可以为人。”魏晋名士大多都有自己的奇癖雅嗜，像王敦那样在晋武帝的宴会上没有才艺可展示，是十分令人沮丧的。可以说，对艺术的爱好已经成为魏晋名士的一种生命存在方式和身份证明。

列夫·托尔斯泰说：“艺术不是技艺，它是艺术家体验了的感情的传达。”罗曼·罗兰则说：“艺术是发扬生命的，死神所在的地方就没有艺术。”可以说，艺术就是人类的“传神阿堵”，没有艺术的世界，是蒙昧而灰暗的世界，而艺术勃兴的时代，无论多么动荡，都会给后人留下足资缅怀的心灵慰藉。顾恺之的《洛神赋图》和王羲之的《兰亭序》，正是那个时代的“传神阿堵”，它们的存在，使一个早已消失的世界在时间的深处明灭可见，熠熠生辉。

五 “世说学”：经典的形成与影响

1. 一门专学

所谓“世说学”，其实就是以《世说新语》（以下简称《世说》）为中心的所有学术研究的总称。

一种学术研究一旦以“学”名之，必须满足以下条件：一是研究对象自身必须具有丰富的文化蕴含和广阔的诠释空间；二是研究对象在其所以产生的文化语境中有着举足轻重的地位，并对后世的文化生态产生过深远影响；三是对此一对象的研究已经具备相当的规模，在时间和空间、深度和广度上拥有相当的基础，能够形成自身较为独立的学术谱系。只有在满足这些条件的基础上，一种专门的学术研究，无论它是学科的、流派的，还是地域的、时代的，抑或是文本的、专人的，才能真正具备成为“一门专学”的可能性和合理性。

《世说》其书，不过是一千一百三十条"丛残小语"的分类汇编，而《世说》之学，则是一种涵盖甚广、包罗颇丰、沟通文史哲等诸多学科的专门学问，它不仅包括对《世说》所反映以及所产生之时代的政治、思想、宗教、社会、人文等诸多方面的研究，同时也包括对其在各个时代的流传、接受和研究状况的考察。由《世说》在中国文化史上的特殊地位和深远影响所决定，"世说学"完全具有和"诗经学""楚辞学""文选学""龙学""红学"等围绕特定文本而建构的专门之学大体相当的研究空间和学术价值。《世说》所特有的文体形式和美学趣味，它所表现的那些极富时代精神的人类举止及其所包含的人学意义，更是蕴含着某种"一经产生便告终结"的划时代特征，以及为其他文化所阙如的鲜明民族特色。进而言之，"世说学"不仅是中国传统学术的一个重要组成部分，更是世界学术视域下现代"中国学"的一道独特景观。

之前我们说过，最早提出"世说学"这一概念的是明朝人王世懋。据顾懋宏万历辛丑年（1601）所撰《世说补精华序》称："近时何元朗氏（何良俊）著《语林》，亦仿其（引者按：指

《世说》）意；而弇州王长公（王世贞）伯仲，特加删定，以续《新语》，次公敬美（王世懋）尤嗜此书，至谓之'世说学'。"（狄期进辑《世说精华》，上海图书馆藏明万历二十九年刻本）不仅如此，王氏兄弟还亲为批点，以广其"学"。

应该说，王世懋对"世说学"的强调，代表了古代的《世说》研究者试图涵盖其学的自觉努力，这种自觉也许更多是出于爱好和趣味，但也不排除学术上的考虑。不过，严格说来，王氏所谓"世说学"，与我们今天不断建构的具有现代学术意义的"世说学"，毕竟还是两回事。

20世纪以来的百余年间，《世说》研究在海内外形成了一个不小的热点。由于新观念和新方法的引进，相关研究无论在数量还是质量上都比古代有了长足进步，不仅出现了两千余篇专题论文、两百余部相关专著、数百种整理本、三百数十篇硕博士学位论文（参见拙著《世说新语资料汇编》），而且形成了一种日益明显的研究格局，和一支相当规模的研究队伍，使"世说学"日益焕发出生机和活力，其发展日新月异，成就有目共睹。

尤其值得高兴的是，在海内外学界同仁的共同努力下，已先后在河南师范大学（2017）、南京大学（2019）、同济大学（2020）、洛阳师范学院（2021）举办了四届“世说学”国际学术研讨会，来自世界各地的专家学者总计二百余人次与会，四部会议论文集也已陆续出版，有力地推动了“世说学”整体、持续和有效的研究。

2. 四大系统

历代《世说》研究的文献形态十分多样，共同构成了“世说学”的学术基础。有些文献形态由于历史悠久，成果丰富，已经形成了自身的发展脉络和研究系统。择要言之，大概有以下四种：

（1）**版本系统**。《世说》成书后，先以抄本流传，刘孝标“广校众本”为之注释后，流传渐广。唐宋以迄近代，坊间私门，传抄刊刻，络绎不绝。版本递嬗之间，衢路分明，各有传承，其内部之系统也颇耐探寻。今人王能宪将《世说》版本分为三个系统：普通本系、批点本系、《世说补》系。普通本中影响较大的有南宋绍兴八年（1138）董弅刻本，明嘉靖十四年（1535）袁褧嘉趣堂刻本等，限于篇幅，兹不赘述。

（2）校注系统。《世说》虽是“小说家言”，但因涉及领域广、人物多、跨度大，加之语言简约玄澹，版本错综复杂，几乎甫一问世便成为一部“难以索解”之书。齐梁至于当代，为《世说》作注释、校勘、考订、笺疏者代不乏人：史敬胤、刘孝标、刘应登、王世懋、张文柱、凌濛初、张懋辰、刘淇、郝懿行、叶德辉、王先谦、李慈铭、程炎震、李详、刘盼遂、沈剑知、余嘉锡、杨勇、徐震堮、王叔岷、郭在贻、柳士镇、朱铸禹、吴金华、张永言、张万起、刘尚慈、蒋凡、龚斌等学者前赴后继，殚思竭虑，使《世说》文本之庐山真貌日显，微义深旨渐明，以致形成了一个相对独立的校注系统。这一系统横跨古今，成果最丰，堪称“世说学”之重镇。其中，尤以余嘉锡《世说新语笺疏》、杨勇《世说新语校笺》影响最著，而龚斌的《世说新语校释》后出转精，可谓集其大成。

（3）批点系统。作为中国文学史上首部被评点的小说，

《世说》一直受到文人特别是评点家的青睐，宋元之交刘应登、刘辰翁首为批点，明清以迄近代，又有王世贞、王世懋、李贽、凌濛初、杨慎、王思任、袁宏道、陈梦槐、黄辉、严复、唐鸿学、朱铸禹等对其作过数量不等的批注评点，加上历代学者如颜之推、刘知幾、苏轼、叶梦得、朱熹、顾炎武、李慈铭、程炎震、鲁迅、陈寅恪、余嘉锡、钱锺书、余英时、龚斌等人著述中的《世说》批评文字，这一系统的规模亦相当可观。对其进行整体观照和细致考量，既是《世说》批评史的工作，也是小说评点史的任务。

（4）续仿系统。《世说》在文言小说史上自成一体，形成了"世说体"这一独特的文体样式和文本系统。自唐迄今，续书仿作层出不穷：唐有张询古《五代新说》、王方庆《续世说新书》、刘肃《大唐新语》；宋有王谠《唐语林》、孔平仲《续世说》、李垕《南北史续世说》；明有何良俊《何氏语林》、李绍文《皇明世说新语》、王世贞《世说新语补》、焦竑《焦氏类林》及《玉堂丛语》、李贽《初潭集》、林茂桂《南北朝新语》、郑仲夔《清言》、周应治《霞外麈谈》、曹臣《舌华录》、赵瑜《儿世说》、张墉《廿一史识余》、江东伟《芙蓉镜寓言》、张岱《快园道古》；清有梁维枢《玉剑尊闻》、吴肃公《明语林》、王晫《今世说》、李延昰《南吴旧话录》、章抚功《汉世说》、李清《女世说》、颜从乔《僧世说》、李文胤《续世说》、汪琬《说铃》、邹统鲁、江有溶《明逸编》、徐士銮《宋艳》；民国则有易宗夔《新世说》、陈灨一《新语林》、夏敬观《清世说新语》、庄适《三国志捃华》等；近年又有《非常道》《禅机》诸编问世，体现了这一文体持久而强大的生命力。续仿系统的效用是双重的：既是《世说》认识、接受体系的显影，也是“世说体”创作、实践体系的反映。对这一系统的研究，既可理清《世说》在历代的传播接受主线，又可为了解历代士人心态及精神生活之变迁，提供重要的参考和依据。

3. 四段分期

《世说》诞生迄今已近一千六百年，“世说学”的历史既随时代学术思潮的发展而演进，也与历代不同的接受取向并行不悖。“世说学”之分期，实即《世说》接受之不同阶段，大体可分为四期：

（1）**"史学期"：齐梁至隋唐**。《世说》既写历史上实有之人物，又多采诸史料杂记，自然也就被当作"史料"或"史余"之作被接受。史敬胤、刘孝标的注释、史家刘知幾的讥评、刘肃《大唐新语》的模拟以及唐修《晋书》的采撰，都是这一风气的证明。在小说不登大雅之堂的时代，小说的命运是脆弱而尴尬的。《世说》的解释权被史家垄断的局面一直要到宋代才有所改变。

（2）**"说部期"：宋代至晚明**。这一时期是通俗文学的兴盛期，小说作为一种文体的地位日高。印刷技术的发展，更为《世说》的刊刻、流布提供了契机和条件。宋元之际，始有小说批点，《世说》首次被刘应登、刘辰翁批点在小说评点史上无疑具有标志性意义。元曲兴起，《世说》故事被杂剧作家们大量改编。晚明尚模拟，"世说体"续仿作品络绎不绝。这些现象都是《世说》在传播、接受和研究上日益通俗化的证明。

（3）**"小学期"：清代至民初**。这一时期，受乾嘉考据之学的影响，清人的小说观念"必以纪实研理，足资考核为正宗"（邱炜萲《菽园赘谈》），对《世说》的接受开始向经史之学复归，从而更具朴学色彩，故训解文字、考订故实、纠谬补缺之作甚夥。其中，以刘淇的《助字辨略》最为特出。这一学术趣向至民国仍未改变，刘盼遂、程炎震、李详、沈剑知诸家的研究大抵立足旧学而有所拓展，表现为传统向现代的过渡。

（4）“综合期”：20 世纪后半叶至今。这一时期的显著特点是，价值取向的多元，研究方法的多样，国际化程度的提高，传播渠道和接受形式的丰富，专著的系统化和论文的专题化，等等，表明“世说学”进入了一个空前宽广的领域，理应且已经贡献出了更多、更好的研究成果。

4. 七个分支

如果对“世说学”的既往研究和未来发展作一番回顾与前瞻，大体可以梳理出以下七个分支（这里姑且以“学”名之——此“学”非“专学”之“学”，而是“研究”一词的省称）：

（1）《世说》文献学。主要有两层含义：其一，作为对一部传世文献的研究，“世说学”首先是文献学。《世说》文献学不仅是“世说学”的重要组成部分，也是广义的文献学的一个分支，它必然要在传统文献学的背景和基础上展开，遵循诸如目录学、版本学、校勘学、考据学等文献研究的一般方法和基本规范。其二，《世说》文献学也包含了为其他学科或领域的研究提供文献依据的意思，具体地说，涉及《世说》的中古思想史、文化史、社会史、宗教史、文学史和艺术史研究，都可算是宽泛意义上的《世说》文献学。

（2）《世说》文体学。既包括对《世说》文本、文体、语体的“内部研究”，也包括其文体如何被后世不断接力和续仿的“外部研究”（也即前面所说的“世说体”研究）。宁稼雨的《“世说体”初探》（1987）一文率先对《世说》作了文体学和美学上的观照与梳理，开启了现代意义上的“世说体”研究。杨义的《汉魏六朝“世说体”小说的流变》（1991）一文，更把“世说体”的渊源追溯至刘向的《说苑》和《新序》。嗣后，学界对“世说体”的研究日渐增多。目前，对《世说》文体风格和续仿作品的研究已经成为一大热点，出现了不少硕博士论文，这一议题今后仍值得持续关注。

（3）《世说》接受学。广义上说，对《世说》的注释、征引、批点、刊刻、续仿、改编、考证、翻译、研究等，都是《世说》接受学的研究对象。其主要工作是，通过对上述文献的爬梳和整理，勾勒出《世说》的传播接受史，并在此基础上，对历代《世说》接受中的具体问题进行深入研究，从而展现出“读者”或“受众”在《世说》流传史上的特殊地位和作用。接受学的研究不仅须借助文献学的工具，还要融合历史学、文艺学、传播学甚至心理学的方法。只要把握住以接受者为中心这个基本原则，《世说》在时、空二维的传播与接受状况就能够被真实、鲜活地反映出来。比如，《世说》中的人、事、物、语在诗文中的化用已经形成了“《世说》典故学”，后世戏曲、小说对《世说》经典故事的改编和演绎又形成一种“《世说》改编学”，二者都可以归入“《世说》接受学”的研究范畴。

（4）《世说》美学。主要有两层含义：一是《世说》文本所体现的美学风格；二是《世说》所反映之时代的美学风尚与美学追求。前者属于形式美学，包括对分类、结构、语言风格及叙事艺术的探讨，在某些方面与文体学的研究发生联系；后者则属内容层面，主要是通过对具体材料的研究，发掘《世说》在美学史乃至艺术史上的价值和意义。细致地分析和研讨《世说》的美学蕴含，至少可以在人物美学、自然美学和文艺美学等方面得到启迪和收获，而其中的任何一个领域，都有着广阔的阐释空间。

(5)《世说》文化学。包含两方面的内容：一是对《世说》时代文化生态的各个层面进行社会学、历史学、民俗学的还原与再现；二是对"后《世说》时代"中国乃至汉字文化圈之文化结构的各个部分进行现象学的观照与描述。二者共同构筑了《世说》文化学开放性的、全息图式的文化景观和学术系统。具体言之，前一类研究范围较广，举凡对《世说》时代之思想文化、社会生活、士人心态及行为方式、民间习俗、礼仪名物等的研究，皆在其列。而《世说》作为一部传统意义的"小说家言"，不仅对后世"说部"（尤其是文言笔记小说）影响甚巨，而且对其他文化形态如类书、史传、诗话、戏曲也都产生过直接或间接的影响。对这些现象的研究显然是值得期待的。

(6)《世说》语言学。《世说》是研究中古语言的宝库，也是数以百计的成语、典故以及许多脍炙人口的人文故事与传说的渊薮。在某种程度上，中古语言学的研究即是以《世说》为中心的研究。当代的《世说》语言学研究呈现出以下态势：一是词汇研究由传统训诂学向现代语义学转变；二是语法研究从词法研究向句法研究方向延伸；三是局限于辞格的修辞学研究有待突破。此外，随着《世说》日、法、英、韩等各语种译本的出现，“《世说》翻译学”也正在形成一个新的研究课题。早有学者指出，《世说》的许多悬而未决的语言问题，反而在外译的过程中得到了圆满的解决。因此，对翻译文本的分析、考察、比照，既可及时发现翻译中存在的讹误，维护《世说》文本的纯粹性与可信度，还可收到“他山之石”的功效——这对于增进国际文化交流也是大有裨益的。

（7）《世说》诠释学。《世说》研究并非单纯的文本或文献研究，还关涉到人文学科的众多论域，若能盈科后进，左右逢源，当可释放出极大的诠释学能量。譬如，对《世说》所承载的名士风度、玄学思想、清谈面向、家国省思等的讨论和评价，从来都是众说纷纭，莫衷一是，俨然构成了一部相当厚重的《世说》评价史和诠解史。而且，只要仔细寻绎就不难发现，其中隐含着类似魏晋玄学“名教与自然之辨”的深层对话：一方面，是基于史学乃至儒家的求真、求善诉求，自刘孝标、刘知幾、朱熹、王夫之、顾炎武、钱大昕、赵翼、李慈铭以至余嘉锡诸家，对所谓"魏晋风度"不无挞伐；另一方面，则是诉诸道家、玄学的超越美学之思，自高似孙、王世贞、王世懋、李贽以至近代陈寅恪、钱穆、鲁迅、宗白华、冯友兰、容肇祖、余英时、唐翼明等人，多对魏晋清谈及士风的积极一面予以"了解之同情"。可以说，对《世说》诠解史的考察，不仅涉及对一段特定历史的不同评价，而且关乎时代环境下个人如何安身立命的现实抉择，甚至在更深广的意义上，还能勾连诸如在未来世界格局中，独具特色的东方文明将如何回归"诗意栖居"之境，并获得超越维度上的普适品格等一系列"大哉问"。目前此类研究已经兴起，但贯通式的整体研究尚待进一步开拓与推展。

以上是对"世说学"的一个简要介绍，限于篇幅，难免挂一漏万。需要补充的是，最近十几年，随着国际交流的便捷，数字人文的发展，"世说学"的研究既迎来了百花齐放、百舸争流的春天，同时也面临着进入"深水区"之后的困难，以及如何才能突破“瓶颈”的挑战。别的不说，多年前我曾设想的“《世说新语》版本研究”和“《世说新语》域外传播研究”之类的题目，至今还是无人问津，而英、法、日、韩等《世说》全译本之外，其他语种的外译工作似乎也有待推进。往者已矣！期待不久的将来，会有更年轻的学人来弥补这些缺憾。

后　　记

按照这套“中华经典通识”丛书的编撰体例，书的末尾应该有一篇“后记”。后记写些什么，常常令作者犯难，因为总有一些事，是与正文无关，却要在后记中坦白交代的。现在，清样已经校阅一过，出版在即，似乎已容不得我“欲说还休”了。

大约二十年前，我还在复旦攻读博士学位时，就私自订了一个研究计划，美其名曰“世说学工程”。在一个“计划赶不上变化”的时代，这当然是幼稚得可笑的举动，但值得庆幸的是，多年之后，这个“工程”总算没有烂尾，那些计划中的书稿——原本是“无中生有”的东西——竟然一本一本地面世了。

当然，最初的写作计划中，并没有这本《〈世说新语〉通识》。所以，接到这个书稿的邀约后，我迟迟未能动笔，直到终于顶不住出版社的“花式”催稿，才不得不“勇敢”开工。而在写作过程中，更是时时感受到不能超越自己、推陈出新的压力——回首这二十年，我似乎一直是在这样那样的压力下度过的。

说来也颇奇怪，《世说新语》中那么多脍炙人口的嘉言隽语，我私心最爱的偏偏是东晋名士刘惔评价江灌的那句“不能言而能不言”。这个“金句”似乎有着照妖镜般的魔力，在它的反照下，任何一个言说者和写作者都不免心生羞愧（我的感觉尤甚），唯恐“不能言而言”的结果，最终弄巧成拙，成了“不如不言”。

好在本书并非学术著作，而是一部通识读本，旨在用通俗易懂的语言和层次清晰的叙述将《世说新语》作一个普及性的介绍。这么一想，算是给自己松了绑，减了压，于是，在2022年春夏之交上海因疫情封城结束后，写作得以顺利展开。2023年年初，交上了最后一章，总算可以松一口气了。

如读者所见，这本小书虽然纲目还算有序，且自成一个小系统，但我自己看去，实在很像穷和尚的“百衲衣”，粗针大线，捉襟见肘。面对《世说新语》中的那些风流名士，难免有“珠玉在侧，觉我形秽”之感。我所能保证的是，自己的写作态度还算诚实，内容也都是长期研究的心得，对于年轻读者而言或许还有些参考价值吧。

尤其是，我对《世说新语》与魏晋风度的解读，可能与前辈和时贤稍有不同。比如，在文本上常将《世说新语》和《论语》加以比照，一来是我在同济大学长期进行这“双语”教学的惯性使然，二来也是出于对魏晋玄学非老庄之学，而是儒道互补、礼玄双修的“辨异玄同”之学的基本理解。同时，在解读魏晋名士风流中诸如饮酒、任诞和隐逸等风气时，有意将这些最易“旁逸斜出”“收拾不住”的线索，牵扯并绾合于《世说新语》并未涉及的“古今隐逸诗人之宗”陶渊明的身上。——在我看来，陶公才是魏晋风度的集大成者。

还有一些细节也值得一记。本书第一章本来题为“《世说新语》成书之谜”，下分三节，分别是“书名之谜”“作者之谜”“门类之谜”，出版时责编改章题为“《世说新语》是怎么来的”，变节题为“到底是谁写了《世说新语》”“从《世说》到《世说新语》”“分门别类有讲究”；第五章本作“‘世说学’

面面观”，后改为“世说学：经典的形成与影响”；而作为导言的“《世说新语》是本怎样的书”，下设“古今绝唱”等五个小标题，出版时也在目录上“隐身”了。这些细节的改动，似乎体现了作者、编者把握文本及读者心理反应的微妙差异，仔细揣摩后，我不得不对编辑团队的细心和用心报以激赏，并深感钦佩。

最后，我要向丛书主编陈引驰先生、中华书局上海聚珍的贾雪飞女史表示感谢，没有你们的精彩策划、费心组织，也就没有这本书。责编黄飞立先生在编校中投注了令人尊敬的心力和情感，他搜求了不少珍贵而又精美的插图，并配以文字说明，使这本小书倍增光彩，这让我在感谢之余，又多了一份感动。

刘　强

2023 年 3 月 25 日写于守中斋